Arena-Taschenbuch
Band 0401

Uschi Flacke
hat für Kinder schon über 35 Bücher geschrieben:
Sachbücher, Krimis und Romane.
Sie arbeitet für die »Sendung mit der Maus«, schreibt Drehbücher für den Kinderkanal (»Die Pfefferkörner«, »Schloss Einstein«) und tritt als Kaberettistin auf. Sie lebt mit ihrem Sohn Kristian und dem Hund Willi in Rod am Berg im Taunus.

Uschi Flacke

Die Dachboden-Detektive

Sechs spannende Krimis zum Mitraten
Mit Illustrationen von Lisa Althaus

Dieser Sammelband enthält die Einzeltitel:

»Der Schatz im Höhlenlabyrinth«
»Der Mumienraub«

Arena

In neuer Rechtschreibung

1. Auflage als Arena-Taschenbuch 2005
Erstmals erschienen als »Die Rätselbande. Der Schatz im Höhlenlabyrinth«
und »Die Rätselbande. Der Mumienraub«.

Umschlag- und Innenillustration: Lisa Althaus
Umschlagtypografie: knaus. büro für konzeptionelle und visuelle identitäten, Würzburg
Gesamtherstellung: Westermann Druck Zwickau GmbH
ISSN 0518-4002
ISBN 3-401-00401-8

www.arena-verlag.de

Inhalt

Das ist die Rätselbande

Hier sind die beiden unschlagbaren Teams der Rätselbande: Vicky und Dennis, Alex und Laura. In der Dachkammer von Vickys und Alex' Eltern hat die Rätselbande ihr Hauptquartier eingerichtet, mit Geheimverstecken für die Detektivausrüstung und Schreibtischfallen gegen unliebsame Schnüffler. Einen ausrangierten Computer konnten sie von Vickys Onkel abstauben, und in dem alten Regal sind die Aktenordner mit den gelösten Fällen der Rätselbande gesammelt. Mit einem Außenspiegel am Fenster können sie die gesamte Mozartstraße beobachten, ohne selbst gesehen zu werden. Das Klopfzeichen der Rätselbande: zweimal lang, dreimal kurz.
In diesem Band habe ich ein paar von den spannendsten Fällen aus den geheimen Akten von Vicky und Dennis gesammelt. Die beiden haben mir davon erzählt und ich habe alles für euch aufgeschrieben.
Viel Spaß beim Lesen und Miträtseln!
Eure

Vicky
Dennis
Alex
Laura

Die Juwelen der Gräfin

Vicky dreht den Außenspiegel, den sie an das hölzerne Fensterbrett der Dachkammer geschraubt hat, ein wenig nach unten. Neugierig schaut sie hinunter. Die Straße liegt in der Mittagssonne wie ausgestorben. Nur der alte Brombach schlendert mit seinem krummbeinigen Dackel am Fahrradgeschäft vorbei hinüber zum Wilhelmplatz. Aber da tänzelt ein giftgrünes Hütchen über die Straße. Darunter steckt Frau Dechent, die über die Straße zum Geldautomaten der Sparkasse stöckelt. Sonst ist niemand zu sehen.

Verträumt schaut Vicky hoch in den strahlend blauen Frühlingshimmel mit den kleinen Federwölkchen. Plötzlich kneift sie ihre Augen zusammen. Fliegt da nicht ein feuerroter Vogel über die Dächer der gegenüberliegenden Backsteinhäuser? Sein leuchtendes Gefieder sieht aus, als wollte es in der Sonne verbrennen. Mit ein paar Flügelschlägen ist er direkt am spitzen Glockenturm der Marienkirche. Aber schon ist das seltsame Tier verschwunden.

Genießerisch schließt Vicky die Augen und schnuppert. Unten in der Bäckerei backen sie gerade frischen Kuchen. Ein unwiderstehlicher Duft steigt in ihre Nase.

In diesem Moment reißt Dennis auf der anderen Straßenseite die Eingangstür vom Zeitungsgeschäft auf. Das feine Klingeln der Türglocken ist bis ins Dachgeschoss zu hören. In einem Satz springt er die drei Stufen der Treppe hinunter, läuft aufgeregt über die Straße zu ihrem Haus und drückt die Eingangstür auf.

Na endlich, denkt Vicky und pustet eine widerspenstige blonde Locke aus dem Gesicht. Wird auch Zeit, dass er kommt!

Gerade als Vicky ein paar Erdnüsse in ein Schälchen füllt und auf den Tisch vor die Sitzecke stellt, klopft es leise an der Tür. Zweimal lang und dann dreimal kurz: ihr geheimes Klopfzeichen. Vorsichtig schiebt Vicky die Blechbüchsen zur Seite, die vor der Tür baumeln: ihre »Schepper-Alarmanlage«.

Völlig außer Atem schlüpft Dennis in ihr Versteck und wedelt mit einer Zeitung vor Vickys Nase herum.

»Hast du schon von dem Diamantendiebstahl drüben im Schloss gehört?«, fragt er aufgeregt und fährt sich mit der Hand durch seine Strubbelhaare.

»Klar«, meint Vicky und schnappt sich die Zeitung. »Das war doch schon beim Frühstück Gesprächsthema Nummer eins.« Sie breitet die Zeitung auf dem Tisch aus und überfliegt neugierig den Artikel.

Diebstahl im gräflichen Schloss

Am gestrigen Nachmittag wurde der Schmuck von Gräfin Marinelli aus der Schatulle im gräflichen Schlafzimmer gestohlen.

Nach eigenen Angaben hatte sie die wertvollen Edelsteine aus dem Tresor geholt, um sie zur jährlichen Reinigung zum Juwelier zu bringen. Sie war nur kurz im Salon, der sich im Erdgeschoss befindet, und wartete auf die Köchin, um mit ihr den Speiseplan der nächsten Tage durchzugehen, als sie Fensterglas splittern hörte. Die Balkontür im ersten Stock, die ins Schlafzimmer führt, war eingeschlagen worden. Der Balkon war von Splittern

übersät und der Schmuck aus der Schatulle verschwunden. Die beiden Diener und die Köchin, die sich im Haus befanden, holten sofort die Polizei. Kommissar Poschmann tappt immer noch im Dunkeln. War der Dieb vielleicht der Gärtner, der vor dem Schloss direkt unter dem Balkon junge Pflanzen setzte? Er will angeblich nichts gesehen haben.

Neben dem Artikel ist eine kostbare Brosche aus dem gestohlenen Schatz von Gräfin Marinelli abgebildet. Dennis und Vicky starren sich für ein paar Sekunden an, als hätte sie jemand in Trance versetzt. Wie war das mit den Dienern und der Köchin, dem Balkon und der Schatulle? Beide fangen plötzlich an zu kichern. Vicky holt aus dem Schreibtisch die große Papierschere und schneidet den Zeitungsartikel aus.

»Alles klar?«, grinst sie und legt den Bericht in eine Mappe.

»Bingo!«, antwortet Dennis und schreibt mit einem dicken Filzstift auf den Pappumschlag: »Das Rätsel um die gestohlenen Juwelen«.

»Wo sind eigentlich Alex und Laura?« Dennis lässt sich auf die neuen Matratzen plumpsen und fängt an ein paar Erdnüsse zu knacken.

»Die sind doch auf Klassenfahrt«, antwortet Vicky und drückt einen fetten Kuss auf die Mappe. Endlich ein neuer Fall für die Rätselbande! Und das Genialste an der Sache ist, dass Kommissar Poschmann wieder mal ein wichtiges Indiz übersehen hat! Der wird bestimmt wieder verkniffen die Lippen zusammenpressen und wütend über seinen Schnurrbart streichen, wenn sie ihm die Lösung des Falles auf einem silbernen Tablett servieren.

Welches Indiz hat Kommissar Poschmann übersehen?

Dennis grinst: »Wenn der Dieb von draußen gekommen wäre, lägen die Scherben innen im Raum und nicht auf dem Balkon! Der Dieb hat die Scheibe nur zur Tarnung eingeschlagen!«

Plötzlich werden Vicky und Dennis von einem lauten Geräusch aufgeschreckt. Es klingt, als würde jemand einen Putzlappen ausschütteln. Ein großer Schatten bewegt sich vor dem Fenster, bis er durch das Dachfenster direkt auf sie zufliegt. Ein Papagei mit knallroten Federn flattert krächzend durch die Dachkammer und setzt sich auf Dennis' Kopf.

»Das muss ich knipsen!«, kichert Vicky. Sie schiebt den Teppich zur Seite und hebelt eine Holzlatte hoch. Hier haben sie die Sofortbildkamera versteckt.

Plötzlich hüpft der Papagei auf den Tisch und tappst zu dem Schüsselchen mit den Erdnüssen.

»Torek! Torek!«, krächzt er vergnügt.

»Torek? Ob er so heißt?«, fragt Dennis und krächzt ihm nach: »Torek, Torek!«

Der Papagei hält seinen Kopf schief und schaut ihn aufmerksam an. Vorsichtig streichelt Vicky mit dem Zeigefinger über seine weichen Kopffedern.

»Schau mal, wie zutraulich er ist!«, meint sie begeistert.

Der Seitenspiegel vor dem Fenster wirft plötzlich einen hellen Sonnenstrahl auf den Papagei und lässt an seinem Fuß etwas hell aufblitzen.

»Mensch, guck mal! Das sieht mir aber nicht nach einem gewöhnlichen Vogelring aus!« Behutsam streicht sie über den goldenen Ring mit der silbern glitzernden Perle. Plötzlich gibt die funkelnde Silberperle nach und der Ring springt auf. »Der ist ja innen hohl!« Dennis traut seinen Augen nicht. »Und da steckt ja was drin! Sieht aus wie ein Stück Papier.«

»Torek, Torek!«, krächzt der Papagei, als sie ihm vorsichtig den Ring über die Kralle ziehen.

»Aber wie kriegen wir das Papier da raus?« Dennis schüttelt ungeduldig den Kopf. »Mit dem Fingernagel kommt man nicht heran.«

»Kein Problem!« Vicky springt auf und läuft zum Schrank. Bei ihrer Detektivausrüstung liegen auch Pinzetten, Nägel und Nadeln. Mit einer Nähnadel sticht sie in das Papier und zieht es heraus.

»Sieh dir das an. Das ist ja ein Plan von einer Insel. Da führt vom Strand ein Weg durch einen Wald, direkt zu der alten Burg. Und dann 300 Schritte nach Nordost . . .«, sagt Alex.

». . . und da ist ein Kreuz!«, flüstert Vicky.

»Aber was ist das für eine Insel?«

»Hier oben. Da steht ja was. Ob das eine Geheimschrift ist?«, meint Alex.

Was steht auf dem Plan?

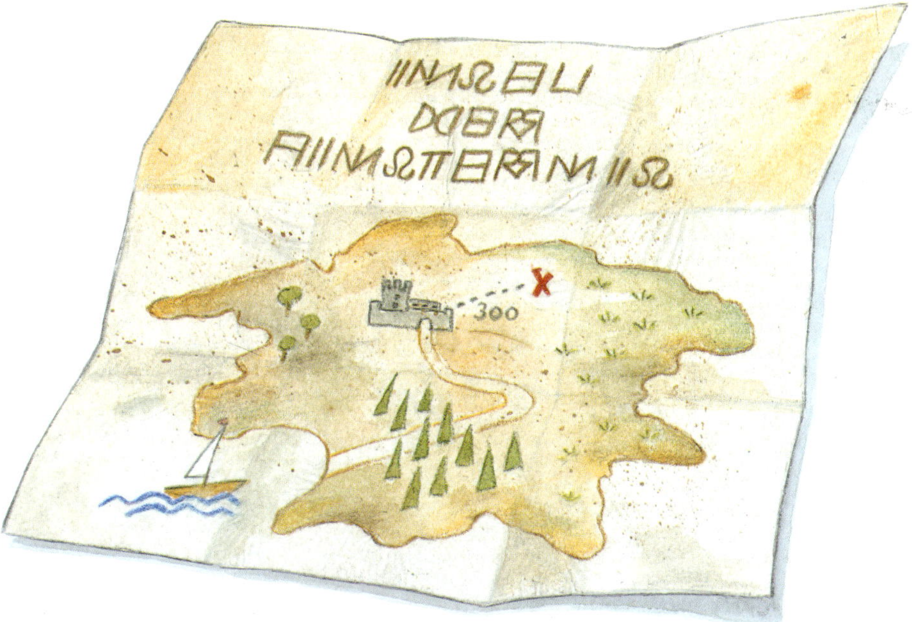

Insel der Finsternis? Wieso Finsternis? Und wo liegt die Insel?«, überlegt Dennis, während der Papagei aufgeregt mit den Flügeln flattert. »Torek, Torek!«, krächzt er, tappt von einem Fuß auf den anderen und plustert seine feuerroten Nackenfedern auf. Plötzlich fliegt er auf, flattert noch eine Runde durch die Dachkammer und verschwindet nach draußen.

Vicky und Dennis laufen zum Fenster, sehen aber nur noch in der Ferne sein feuerrotes Gefieder in der Sonne glänzen. Und dann ist er auch schon als winzig kleiner Punkt am Himmel verschwunden.

Dennis schnappt sich einen Notizblock. »Wir müssen erst einmal die Informationen sammeln. Torek . . .«, überlegt er. »Ob der Papagei uns damit was sagen wollte?«

»Da bin ich ziemlich sicher, aber was? Schreib's jedenfalls auf! Und dann leg das Foto dazu. Wie er bei dir auf dem Kopf hockt.«

»Torek? Ob das der Name der Insel ist?« Dennis betrachtet nachdenklich die seltsame Karte.

Vicky zuckt mit den Schultern. »Keine Ahnung. Nur eins wissen wir. Dass nämlich auf der Insel eine Burg ist.«

Sie setzt sich an den Computer, klickt ihn an und sucht in einem Erdkundeprogramm die Inseln vor der Küste ab. Auf dem Bildschirm erscheinen tatsächlich die Umrisse von drei Inseln, auf denen es eine alte Burg geben soll. Sofort lassen sie sich die Inseln vom Drucker ausdrucken.

»Bring sie rüber zum Tisch, dann können wir die Umrisse der Inseln mit unserer Karte vergleichen.« Vicky stopft die Reste der Zeitung in einen Papierkorb und vertieft sich in die geheimnisvolle Karte. Als Dennis die Unterlagen aus dem Drucker holt, stolpert er über das Kabel und reißt es aus der Steckdose. Erschrocken lässt er die ausgedruckten Papiere fallen, die durcheinander wirbeln. Leider ist auf den Karten nicht verzeichnet, wo Norden und Süden ist.

Welche Insel ist die richtige?

DELTALAND
SYDERLAND
BÖRGLAND

Hier! Diese Umrisse stimmen überein! Es ist die Insel Syderland!« Dennis knabbert aufgeregt eine Erdnuss nach der anderen, während Vicky den geheimnisvollen Plan gegen das Licht hält. »Sieh dir das an! Das Papier hat ein Wasserzeichen: ›2001‹! Ob das eine Jahreszahl ist? Dann wäre der Plan ganz neu!« Sie spürt, wie ihre Finger vor Erregung anfangen zu zittern. »Syderland, die Insel der Finsternis. Die liegt doch gar nicht weit entfernt von hier. Da rudern wir hin!«

Sofort packen sie ihre Detektivausrüstung in ihren Rucksack.

»Hier, vergiss nicht den Kom-

pass und die Taschenlampe! Sonst finden wir uns nie zurecht.« Vicky packt noch Kekse und Limo ein und dann geht's los.

Zwei Minuten später laufen Vicky und Dennis die Mozartstraße hinunter zum Wilhelmplatz und von dort direkt in den Fischereihafen zu ihrem alten Freund Fietje Böhmer. Der alte Seebär sitzt mit einer Angel in der warmen Frühlingssonne auf dem Steg und raucht gemütlich eine Pfeife.

»Na, ihr beiden? Wieder auf Rätseljagd?«, brummt er freundlich in seinen Bart.

»Ne, ne! Wir wollen nur ein Picknick im Boot machen. Können wir deine ›Seeschwalbe‹ für zwei Stündchen ausleihen?« Vicky lächelt den alten Seebären so hinreißend an, dass er dahinschmilzt wie Polareis in der Tropensonne. Er zieht seine Angel aus dem Wasser und führt die beiden zu seinem Boot.

»An deiner Angel hängt ja gar kein Köder«, meint Dennis erstaunt.

»Ich will ja auch nichts angeln«, antwortet der Alte vergnügt und seine von Seeluft gegerbte Haut bildet Unmengen von kleinen Zieharmonikalachfalten.

»Aber nicht so weit weg«, brummt er freundlich, als die beiden in das grün lackierte Boot springen. Bedächtig schlendert er zurück zu seinem Angelplatz, lässt seine Angel ohne Köder ins Wasser baumeln und nimmt zufrieden eine Prise Schnupftabak.

Vicky und Dennis rudern mit gleichmäßigen Schlägen über das ruhige Meer zu der geheimnisvollen Insel. Schon von weitem ist die verfallene Burg zu sehen, deren Türme sich über die Baumwipfel strecken. Sogar der Weg von der Karte ist zu erkennen, der sich wie eine Schneise in den Wald frisst.

»Warum die Insel wohl ›Insel der Finsternis‹ heißt?«, fragt Dennis nachdenklich. »Das sieht doch alles ganz hell und freundlich aus.«

Vicky zuckt mit den Schultern und beobachtet einen schwarzen Vogel, der mit weit ausgestreckten Schwingen über der Burg kreist.

Endlich legen sie am Kieselstrand an. Barfuss springen sie ins kristallklare Wasser und ziehen das Boot an Land. Ein paar Möwen flattern aufgeschreckt hoch. Ihr weißes Gefieder glänzt in der Sonne wie frisch gefallener Schnee. Vicky lauscht. Kein einziger Laut ist zu hören. Noch nicht einmal Blätterrascheln oder ein Vogelgezwitscher. Nur dieses eintönige Wellenrauschen, als wolle es vor der unheimlichen Insel warnen. Vicky schüttelt verärgert über sich selbst den Kopf. So ein Unsinn! Trotzdem dreht sie sich suchend um. Ist da jemand, der sie heimlich beobachtet?

Dennis faltet vorsichtig die Karte der Insel auseinander.

»Wo haben wir jetzt angelegt?«, fragt er leise, als ob jemand sie belauschen könnte.

»Ist doch logisch!« Vicky nimmt ihren Kompass aus der Tasche. »Die Nadel zeigt immer nach Norden. Dann sind wir hier!« Sie deutet auf die Karte und zeigt mit dem Finger in die Waldschneise. »Dort drüben! Der Weg muss zur Burg führen!«

Langsam arbeiten sie sich durch die mit hohem Unkraut überwucherten Wege. Brennnesseln und Brombeerranken zerkratzen ihre Beine und es riecht nach fauligem Obst. Endlich stehen sie vor dem Burggemäuer, das mit Schlingpflanzen überwuchert ist. Ein pechschwarzer Rabe sitzt geduckt auf einer Burgzinne und beobachtet aufmerksam jede ihrer Bewegungen.

»Jetzt müssen wir an der Burg vorbei und dann dreihundert Schritte nach Nordost.« Dennis klatscht ein paarmal laut in die Hände, um den Raben zu verscheuchen. Der aber bleibt bewegungslos auf den Steinen sitzen, als wäre er dort festgehext.

Vicky hält den Kompass in der Hand und zählt die Schritte in Richtung Nordost. Der Weg geht durch einen verwilderten Garten zu einem angrenzenden Wäldchen.

»Zweihunderteinundzwanzig, zweihundertzweiundzwanzig . . .« Sie wischt sich die verschwitzten Haare aus der Stirn und nimmt einen Schluck aus ihrer Limoflasche. »Ist das eine Hitze. Ich möchte wirklich wissen, warum das hier ›Die Insel der Finsternis‹ heißt.«

Nach zweihundertneunundneunzig Schritten stehen sie vor einem mächtigen Baum, der majestätisch seine alten, knorrigen Äste in den Himmel streckt.

»Auch das noch!« Vicky fühlt sich, als hätte eine unsichtbare Macht alle Kraft aus ihr herausgesaugt. »Jetzt müssen wir auch noch graben. An eine Schaufel habe ich nicht gedacht.« Erschöpft setzt sie sich auf eine Baumwurzel und holt wieder die Flasche Limo aus dem Rucksack.

Dennis ist inzwischen ein paarmal nachdenklich um den Baum geschlendert, während er mit einem Stock immer wieder in den Boden sticht.

Warum ist Dennis nachdenklich?

Ist doch logisch«, meint er selbstverständlich. »Das Schreibpapier von dem geheimnisvollen Plan ist noch ganz neu, vom Jahr 2001. Wenn hier also ein Schatz vergraben wurde, dann muss die Erde um den Baum an irgendeiner Stelle weicher sein als an der anderen.«

Vicky schaut Dennis verblüfft an. Er hat Recht. Nichts deutet darauf hin, dass Erde umgegraben wurde. Gras und Pflanzen sind nicht herausgerissen, es sieht so aus, als hätte seit Jahren niemand mehr den Boden bearbeitet.

»Also ist der Schatz woanders versteckt!« Dennis schaut nach oben, klettert die knorrigen Äste des alten Baumes hoch und verschwindet in der grünen Blätterkrone. Plötzlich ruft er von oben: »Sieh dir das an, der Baum ist ja hohl!«

Sofort steigt Vicky hinterher. Dennis ist schon auf eine Eisenleiter geklettert, die in den hohlen Stamm hinunterführt.

»Mach mal die Taschenlampe an!«, ruft er ihr zu. Seine Stimme klingt hohl, als käme sie aus einer anderen Welt. »Hier unten ist es stockdunkel!« Vorsichtig klettern sie in die Tiefe. Es ist kühl und ein leiser Windhauch fährt ihnen wie eine unsichtbare Hand durch das Gesicht.

Vicky leuchtet mit der Taschenlampe die dunklen Wände ab. Der blasse Scheinwerferkegel wandert über die grob gemauerten Wände zu den Pechfackeln, die in eisernen Halterungen stecken. Und vor ihnen erstreckt sich ein riesiges, mannshohes Labyrinth, das aus verwitterten Steinen gemauert ist.

»Die Insel der Finsternis!«, flüstert Dennis erschrocken.

»Hast du Streichhölzer dabei?«, fragt Vicky mit zitternder Stimme.

Dennis fischt aus seiner Tasche ein Feuerzeug und zündet die schwarzen Fackeln an, die tanzende Schatten an die Wände werfen. Plötzlich entdecken sie ein glänzendes Mosaikbild, das in den Boden eingelassen ist.

»Das ist der Plan des Labyrinths!« Vicky spürt, wie sich ihre Nackenhaare aufsträuben, als hätte jemand mit einer Gabel über den Teller gekratzt.

Schwarz glänzende Steinchen stellen die Grundrisse der Mauern dar, die auf einem mattgrauen Untergrund eingemauert sind. In der Mitte ist ein Kelch, der hell aus dem dunklen Labyrinth herausstrahlt.

Wie kommen die Kinder zu dem geheimnisvollen Kelch?

Ich gehe durchs Labyrinth und du rufst mir zu, wie ich gehen muss.« Vicky nimmt eine lodernde Fackel aus der Halterung und verschwindet hinter der unheimlichen Öffnung. Nur ein flackernder Lichtschein ist an der gewölbten Höhlendecke zu sehen.

». . . und rechts und geradeaus und links!«, ruft ihr Dennis zu.

»Ich habe den Kelch! Ich habe den Kelch!«, hört Dennis ihre dumpfe Stimme, die im Gewölbe widerhallt. »Wir haben es geschafft! Er ist gefüllt mit Juwelen und Diamanten!«

»Und was machen wir jetzt damit?«, fragt Dennis, als Vicky den Schatz vor ihm ausbreitet.

»Wir nehmen alles mit ins Versteck. Wetten, dass das der geklaute Schatz der Gräfin ist? Poschmann wird Augen machen! Das wär 'ne Sensation!«, ruft Vicky.

Gehört der Schatz tatsächlich der Gräfin?

Na klar!« Dennis grinst triumphierend. »Diese Brosche war doch in der Zeitung abgebildet!«

Gleich am Abend gehen Vicky und Dennis ins Schloss zu Gräfin Marinelli. »Wir haben Ihren Schmuck gefunden!«, erklärt Vicky der erstaunten Gräfin. Ehe sie weiterreden kann, fliegt ein feuerroter Vogel durch den Salon und setzt sich laut krächzend auf den Kopf von Dennis. Er sieht genauso aus wie der Papagei, der den Geheimplan bei sich trug.

Vicky und Dennis schauen sich verwundert an. »Frau Gräfin«, flüstert Vicky ihr aufgeregt zu. »Wir können beweisen, dass der Besitzer des Papageis auch der Dieb ihrer Juwelen ist!«

Gräfin Marinelli bittet sofort ihr Personal in den Salon. Als der erste Diener den Salon betritt, flattert der Papagei hoch und fliegt auf seine Schulter.

»Mathias! Was hat das zu bedeuten?« Die Gräfin schüttelt den Kopf. »Hast du etwas mit dem Diebstahl zu tun?«

Der Diener streichelt zärtlich seinen Papagei. »Ich? Was soll ich mit dem Diebstahl zu tun haben?«

Da betritt der zweite Diener den Salon, dem ebenfalls ein Papagei mit feuerrotem Gefieder auf der Schulter sitzt.

»Wie oft habe ich euch schon gesagt, dass die Papageien in ihren Käfigen bleiben sollen!« Die Gräfin tupft sich dezent mit einem Spitzentaschentuch über die Stirn. Zu den Kindern gewandt, fährt sie fort: »Mathias und Sebastian sind Brüder. Sie sind lange zur See gefahren und von der letzten Reise haben sie ihre Papageien mitgebracht.«

Vicky holt das Foto, das sie in der Dachkammer von dem Papagei geschossen hat.

Welcher Papagei
war in der
Dachkammer?

Es ist der rechte Papagei, der von Mathias.

Vicky springt auf den Papagei zu und krächzt: »Torek, Torek!«

Diener Sebastian schaut das Mädchen verwundert an. »Woher kennst du den Spitznamen meines Bruders?«

»Torek, Torek!«, krächzt der Papagei vergnügt.

Der Täter ist entlarvt! Sofort wird Kommissar Poschmann gerufen. Verärgert streicht er sich über seinen Schnurrbart und presst die Lippen zusammen. Hat diese Rätselbande doch schon wieder ein Geheimnis vor seiner Nase gelöst! Er plustert sich gewichtig auf und legt Diener Mathias die Handschellen an. Bei der Durchsuchung findet der Kommissar in dessen Jackentasche ein Blatt mit ein paar Notizen: »Drei Rollmöpse, zwei Gläser Gurken, Vogelfutter!«

»Das ist vielleicht ein wichtiges Indiz«, kichert Vicky, als Kommissar Poschmann das Papier achtlos zur Seite legt.

Dennis zwinkert Vicky zu. »Logisch, da ist bestimmt dasselbe Wasserzeichen drauf wie auf dem Inselplan!«

Kommissar Poschmann hält das Blatt Papier gegen das Licht und räuspert sich. Die hektischen Flecken in seinem Gesicht zeigen, dass die Rätselbande wieder einmal Recht gehabt hat. Plötzlich plustert sich der Papagei auf, fliegt hoch und flattert auf seine Schulter.

»Poschmann!«, krächzt der Vogel vergnügt und knabbert zärtlich am Ohrläppchen des Kommissars, der dunkelrot anläuft. »Poschmann, Poschmann!«

Ob Vicky und Dennis das nächste Rätsel auch vor der Nase des Kommissars lösen werden?

Auf der Spur des Bankräubers

Vicky liegt auf den Matratzen in ihrem Geheimtreff und liest einen Krimi. Draußen ist es neblig trüb und die Sonne hängt wie ein weißer Lampion hinter den grauen Wolken. Dennis schaut gelangweilt aus dem Dachfenster in den Außenspiegel, mit dem sie die Mozartstraße überblicken können.

Plötzlich wird die Tür der Sparkasse aufgestoßen, ein schlanker junger Mann mit Sonnenbrille, Pudelmütze und seltsamen Pumphosen springt auf den Bürgersteig. In beiden Händen trägt er ausgebeulte Stofftüten. Er wird von Frau Dechent (die mit dem giftgrünen Hütchen) an der Jacke festgehalten, während sie ihm mit der Handtasche immer wieder auf den Kopf schlägt.

»Hilfe, Hilfe!«, schreit Frau Dechent aus Leibeskräften.

»Los, schnell!«, ruft Dennis aufgeregt. »Die Kamera!«

Vicky springt auf, zieht den Teppich zur Seite und hebelt die Holzlatte auf. Schon hat sie die Sofortbildkamera aus dem Versteck geholt und springt ans Fenster. Sie lehnt sich weit hinaus und schießt genau in dem Moment ein Foto, als sich der Mann losreißen kann. Seine Jeansjacke bleibt in der Hand von Frau Dechent zurück.

»Los, auf die Straße!« Vicky spürt, wie ihr Herz bis zum Hals klopft. Ist das ein neuer Fall für die Rätselbande?

Neugierig mischen sie sich unter die Passanten, die vor der Sparkasse stehen geblieben sind. Und schon hört man das durchdringende Aufheulen eines Martinshorns.

Quietschend hält der Polizeiwagen vor der Sparkasse und der dickliche Herr Poschmann steigt aus. Als er Vicky und Dennis sieht, verzieht er das Gesicht und wirft ihnen einen vernichtenden Blick zu.

»Aus dem Weg, das ist nichts für Kinder!«, knurrt er sie an und wedelt mit den Händen, als wollte er lästige Fliegen verscheuchen.

Sämtliche Passanten werden in die Sparkasse beordert, die eingeschlossenen Angestellten aus dem Tresorraum befreit und sofort beginnt Herr Poschmann mit der Zeugenbefragung.

»Und ihr beiden«, er deutet mit seinem dicklichen Zeigefinger immer wieder auf Vicky und Dennis, als wollte er Löcher in die Luft piken. »Ihr bleibt bis zur Vernehmung nebenan im Waschraum. So ein Bankraub ist nichts für Kinder!«

Die beiden verschwinden in dem gekachelten Raum.

»Der hat doch nur Angst, dass wir vor seiner Nase wieder mal den Fall lösen!«, meint Dennis verärgert.

Aber Vicky hat eine Idee. Sie nimmt ein Wasserglas aus dem Spiegelschränkchen, hält es mit der Öffnung gegen die Wand und presst ihr Ohr darauf.

»Kannst du was hören?«, fragt Dennis leise.

»Ja . . . der Mann soll von hier aus im Sparkassenraum aufgetaucht sein.«

»Von hier?« Dennis öffnet Millimeter um Millimeter die Toilettentür und schaut vorsichtig in den Flur. »Aber hier gibt es keine weitere Tür.«

Wie ist der Bankräuber ins Haus gekommen?

R+G
ICH WAR HIER!

Vicky zeigt auf das geöffnete Fenster oben unter der Decke. »Dann ist er da durchgeklettert. Der muss aber verdammt geschickt klettern können, wenn er sich da oben durchquetschen konnte.«

Sorgfältig suchen sie die Fliesen nach Spuren ab, aber der feuchte Dreck auf den Kacheln ist verschmiert und zeigt keinerlei Sohlenabdrücke.

»Wenn es hier drinnen keine Spuren gibt«, grinst Vicky spitzbübisch, »dann bestimmt draußen!«

Die Kinder schleichen lautlos durch die Eingangshalle der Sparkasse zur Ausgangstür. Kommissar Poschmann ist gerade damit beschäftigt, die Jeansjacke des Täters nach Indizien zu durchsuchen. Geduckt laufen sie nach draußen um das Gebäude herum bis zu dem kleinen Gärtchen, das sich auf der Rückseite befindet.

»Hast du das Transparentpapier dabei?«, flüstert Dennis, während er den Boden absucht.

»Logisch! Im Rucksack!« Vicky hockt sich vor ein paar Fußabdrücke, die sich genau unter dem hohen Toilettenfenster befinden. Sie halten das durchsichtige Papier über den deutlichsten Abdruck und pausen die Größe, die Linien und Rillen mit dem Herstellerstempel genau ab. Das Transparentpapier stecken sie wieder in den Rucksack. Zufrieden schleichen sie zurück ins Haus.

In diesem Moment ist Herr Poschmann mit seiner Befragung fertig. Er steckt seinen Notizblock in die Jackentasche und beordert die Zeugen zur Protokollaufnahme für den späten Nachmittag aufs Revier.

»Ihr seid ja immer noch hier!«, meint er spöttisch, als er die beiden sieht, zieht seine Unterlippe hoch und streicht mit dem dicken Zeigefinger über seinen Schnurrbart. »Und? Habt ihr den Fall schon geklärt?« Er wirft den beiden einen verächtlichen Blick zu und verpackt die Indizien aus der Jeansjacke des Täters in Folienbeutel: einen Schlüsselbund, einen Stadtplan, eine rosa Eintrittskarte und eine Packung Streichhölzer. Ein paar Papierschnipsel, die auf dem Banktresen liegen, hat der Kommissar offenbar übersehen. Vicky stellt sich davor und verschränkt die Arme.

»Nein, Herr Kommissar! Aufgeklärt haben wir noch nichts. Leider, leider!« Sie schüttelt bedauernd den Kopf, sodass ihre blonden Locken hin und her hüpfen.

»So soll es auch bleiben«, knurrt er kurz und marschiert hoch erhobenen Hauptes mit seiner Aktentasche zur Ausgangstür. Schon heult das Martinshorn auf und das Blaulicht blinkt ins Sparkassenfoyer.

Blitzschnell schiebt Vicky die Papierfitzelchen zusammen und lässt sie in ihrer Jackentasche verschwinden.

»Los, zurück! Wir haben was zu tun!«, wispert sie Dennis zu.

In ihrem Geheimtreff legen sie die Papierfetzen auf den Tisch.

Was steht auf dem Zettel?

Kommen Sie ins Land der tausend Abenteuer!«, liest Vicky. »Das ist doch eine Werbeanzeige für den Abenteuerpark. Da müssen wir hin! Ob der Bankräuber damit was zu tun hat?«

»Aber zuerst müssen wir das Foto des Gangsters vergrößern.« Dennis legt das Foto aus der Schnellbildkamera in den Scanner und klickt den Computer an. Nach und nach vergrößern sie die einzelnen Teile des Bildes. Gespannt starren sie auf den Bildschirm. Die dunklen Pumphosen sind ganz deutlich zu erkennen, auch der Oberkörper, aber das Gesicht ist mit der Sonnenbrille und der ins Gesicht gezogenen dunklen Pudelmütze fast verdeckt.

»Komm, wir drucken das Starportrait mal aus!«, sagt Dennis.

»Guck mal!« Vicky betrachtet fasziniert die Fotografie. »Er trägt eine Halskette. Und da hängt irgendwas dran.« Mit der Lupe entdecken sie einen sechseckigen Anhänger mit einem blutroten Stein.

Die Wolken haben sich etwas verzogen und Vicky und Dennis sind auf dem Weg zum Abenteuerpark. An der Eintrittskasse bekommen sie einen Plan mit den Hauptattraktionen in die Hand gedrückt.

»Guck dir das mal an!« Dennis tippt mit seinem Finger auf das glänzende Papier. »Jetzt weiß ich, wo wir den Dieb suchen müssen!«

Welche der Attraktionen sollten
Vicky und Dennis zuerst besuchen?

Na klar! Der Dieb hatte doch Pumphosen an! Wir müssen zur ›1001 Nacht‹!« Aufgeregt laufen sie durch eine prunkvolle Säulenallee zu einer goldenen Moschee, dem Eingang für die Attraktion »1001 Nacht«. Der Boden ist mit glitzernden Steinchen ausgelegt und an den Wänden sind übergroße Gemälde von Kalif Ben Harrain zu sehen. Auf seinem Turban prangt ein sechseckiger blutroter Rubin.

Vicky und Dennis bekommen gerade noch den letzten Platz in einem goldenen Boot, das in die Unterwelt fährt. Über eine Wasserrutsche saust es mit den Besuchern in die Tiefe. Alles ist ruhig. Nur ein leises Wasserplätschern ist zu hören. Ein zarter Duft von Rosen steigt in ihre Nasen. Langsam gewöhnen sich ihre Augen an die Dunkelheit. Sie befinden sich in einer riesigen Tropfsteinhöhle. Das Boot gleitet in einer scharfen Rechtskurve durch eine Schlucht und plötzlich befinden sie sich in einer märchenhaften Grotte. Bettler in schmutzigen Lumpen sitzen mit vollbauchigen Flaschen um ein loderndes Feuer und spielen Karten. Die menschengroßen Puppen werden elektronisch gesteuert, trotzdem glauben die Kinder, dass sie von tausend verborgenen Augen mit unheimlichen Blicken verfolgt werden. Frauen sitzen in den Hütten vor Kochtöpfen, weben Teppiche und Matten. Lodernde Fackeln werfen unheimliche Schatten an die Wände. Und wieder geht es mit dem goldenen Boot weiter, am spärlich beleuchteten Kerker vorbei, wo Räuber und Diebe angekettet um Gnade winseln. Selbst ein zotteliger Straßenköter jault vor den Gitterstäben in die finstere Nacht. In der nächsten Grotte ist der hell mit Kerzen erleuchtete Saal im Tempel des Kalifen zu sehen. Die Wände leuchten sonnengelb, riesige Deckengemälde künden von siegreichen Schlachten gegen aufständische Nomadenstämme. Der Kalif sitzt in weißen Seidengewändern auf einem Thron. An seinem Turban ist ein sechseckiger roter Stein.

Der Thron steht auf einem schneeweißen

Marmorpodest und ist mit funkelnden Steinen besetzt. Verhüllte Haremsdamen in seidenen Pumphosen fächeln ihm mit riesigen Fächern aus Straußenfedern Luft zu. Tänzerinnen in allen Hautfarben tanzen zu orientalischer Musik einen Bauchtanz, während Sklaven in dunklen Pumphosen auf silbernen Tabletts Köstlichkeiten hereintragen.

»He!«, flüstert Dennis. »Der eine Sklave ganz hinten trägt ja nur ’ne Badehose!«

Vicky zischt: »Wir müssen hier unbedingt raus!«

Sie warten auf eine günstige Gelegenheit, um an Land steigen zu können. Als das goldene Boot in einer Rechtskurve sanft um einen künstlichen Sandstrand biegt, springen sie in einem kühnen Satz an Land, laufen zurück in den Palast und verstecken sich hinter einer riesigen goldbemalten Säule in der Dunkelheit.

Gerade, als das Boot in der nächsten Grotte verschwindet, löst sich ein Schatten aus dem Hintergrund. Die Person zieht der Puppe mit der Badehose eine Pumphose über. Ein feines Rascheln ist zu hören.

Als wäre die Hose aus Papier, denkt Vicky.

Vicky und Dennis schleichen der Gestalt zwischen den Pappkulissen hinterher. Am Hinterausgang sehen sie gerade noch,

wie der Typ hinter dem uralten Karussell mit bunt blinkenden Lampen und Spiegeln in einem Häuschen verschwindet. »Merlinos Marionettentheater« steht auf dem Schild über dem Eingang.

Vicky und Dennis werfen sich einen kurzen Blick zu und drücken die goldene Klinke herunter, die wie eine Löwentatze aussieht. In dem Marionettenhäuschen befinden sich mehrere Personen.

Wer von diesen Personen ist verdächtig?

Guck mal!«, flüstert Vicky. »Die Blonde und der Marionettenspieler tragen beide diesen Anhänger!«

»Genau!«, sagt Dennis. »Den hatte der Bankräuber auch um!«

Der Marionettenspieler nimmt seine Pudelmütze aus der Jackentasche, setzt sie auf und schlendert nach draußen, um sich eine Zigarette anzuzünden. Er lehnt sich an eine Bank und blinzelt in den Nieselregen.

»Entschuldigung, ich habe da eine Frage!«, meint Dennis vorsichtig. Der Marionettenspieler sieht ihn schlecht gelaunt an und pustet ihm Zigarettenrauch mitten ins Gesicht. »Verzieht euch!«, fährt er die beiden an.

»Bitte! Nur eine Frage«, meint Vicky und lächelt ihm zu.

»Wenn's denn sein muss!«, brummt er. Aber schnell, ich muss zurück, die Puppen ordnen!«

»Wir . . . Wir haben in der Schule auch Marionetten«, stottert Dennis. »Ja, und wir wollen damit ein Stück spielen. Haben Sie vielleicht eins, das wir nachspielen könnten?«

»Geht zum Direktor«, brummt er genervt und drückt die Zigarettenkippe mit seinem schwarz glänzenden Lackschuh aus. »Ich hab für so was keine Zeit!« Ärgerlich schlendert er zurück ins Theater.

Nachdenklich spazieren Vicky und Dennis zum Kassenhäuschen, wo die langhaarige Blondine sitzt und Geldscheine bündelt. An der Wand hinter ihr hängt eine Tafel mit seltsamen Zeichen und auf der rechten Seite stehen unter dem Haken mit den Regenmänteln mehrere Paar Schuhe.

»Entschuldigung!« Vicky klopft vorsichtig an die Scheibe. »Um wie viel Uhr beginnt denn die nächste Vorstellung?«

Die Blondine schaut hoch und lächelt ihr freundlich zu. »Die letzte Vorstellung ist gerade vorbei. Du hast also noch eine gute halbe Stunde Zeit. Außerdem wird es heute sowieso nicht voll, bei dem Wetter.« Sie schaut hoch in den wolkenverhangenen Himmel. »Wir haben kaum was eingenommen.«

»Müssen Sie denn trotzdem spielen, auch wenn es leer ist?«, fragt Vicky neugierig.

»Leider!« Die junge Frau zuckt mit den Schultern. »Das steht so im Vertrag. Wenigstens haben wir eine längere Mittagspause.«

»Sie haben aber einen schönen Anhänger«, meint Dennis plötzlich.

Die Blondine lächelt. »Freut mich, dass er dir gefällt! Er ist aber nicht echt«, sagt sie und streicht mit den Fingern über das Schmuckstück. »Der Marionettenspieler hat auch so einen Anhänger, die habe ich mal selbst hergestellt. Ich nähe nämlich die Kostüme der Puppen, wenn ich nicht an der Kasse sitze.« Sie reicht den beiden Kindern die rosa Eintrittskarten.

Hat sich der Marionettenspieler verdächtig gemacht oder die Blondine?

Vicky und Dennis setzen sich auf eine Bank und holen ihren Notizblock heraus.

»Punkt eins«, meint Dennis, während er anfängt zu schreiben. »Die Blondine bündelt Geldscheine, obwohl sie heute kaum etwas eingenommen haben.«

»Stimmt!« Vicky nickt und flüstert ihm ins Ohr. »Punkt zwei: der Mann in der Grotte war auf keinen Fall der Puppenspieler, weil doch bis eben die Veranstaltung lief!«

»Punkt drei: Und sie haben rosafarbene Eintrittskarten. Genau so eine hat Kommissar Poschmann in der Jeansjacke des Bankräubers gefunden.«

»Punkt vier: Außerdem hatte der Puppenspieler ganz saubere Schuhe . . .«

»Das ist aber kein Indiz«, unterbricht Vicky. »Die kann er ja ausgezogen haben. Und sie hatten eine längere Mittagspause, also Zeit genug, um die Bank zu überfallen. Wetten, dass die Blondine es war?« Vicky und Dennis zwinkern sich zu.

»Jetzt müssen wir nur noch Kommissar Poschmann rufen! Verhaften können wir sie ja nicht«, grinst Vicky, nimmt ihr Handy aus der Jackentasche und wählt die Telefonnummer der Polizeistation.

»Hier Kommissar Poschmann, Polizeistation Wilhelmplatz?«, hören sie eine gestresste Stimme in den Hörer dröhnen.

»Ja, hallo? Hier sind Vicky und Dennis von der Rätselbande.«

»Was wollt ihr denn schon wieder? Habt ihr wieder einen eurer Scherze auf Lager? Ich habe zu tun! Ich muss den Bankraub aufklären und Protokolle aufnehmen.«

»Wir haben den Täter!«, erklärt Vicky triumphierend. Für ein paar Sekunden ist es still. Dann hören sie ein lautes Husten. Der Kommissar muss sich verschluckt haben.

»Bitte kommen Sie sofort! Wir sind im Abenteuerpark. Wir warten direkt neben dem Marionettenhaus auf Sie!« Der Kommissar streicht ärgerlich über seinen Schnurrbart und stellt seine Kaffeetasse auf das

Stempelkissen. Er greift nach seiner Dienstmütze und packt die Handschellen ein.

»Hey, Hollmann!«, dröhnt er ins Nebenzimmer. »Es geht in den Abenteuerpark!«

Die Angestellten der beraubten Sparkasse, die immer noch warten, um ihre Aussagen zu Protokoll zu geben, schauen ihm kopfschüttelnd hinterher.

»Ich schwör's euch!«, brummt der Kommissar, als er Vicky und Dennis am Marionettenhäuschen entdeckt. »Wenn ihr mich an der Nase herumführt . . .« Dabei hebt er drohend den Finger.

»Das würden wir doch nie wagen, Herr Oberkommissar!«, meint Dennis tief erschüttert.

»Kommissar!«, meint Herr Poschmann geschmeichelt und räuspert sich leicht. »Das reicht!«

Die beiden zeigen ihm das Foto des Bankräubers, der den sechseckigen blutroten Anhänger an einem Kettchen um den Hals trägt, und erzählen von den Rätseln, die sie gelöst haben. Der Kommissar hebt sogar anerkennend eine Augenbraue, als ihr Bericht zu Ende ist. Während Herr Poschmann die Blondine und den Marionettenspieler nach ihren Alibis befragt, schleichen sich die Kinder in das Kassenhäuschen und vergleichen die Schuhsohlen mit dem Schuhabdruck, den sie an der Sparkasse abgepaust haben.

Zu welchen Schuhen passt der Abdruck?

KASSE

Vicky und Dennis schnappen sich die schwarzen Turnschuhe und schlendern damit vor das Marionettentheater. Der junge Mann zieht hektisch an einer Zigarette, während die Blondine nervös an ihrer Halskette herumfingert. Als sie die Kinder sieht, schnauzt sie die beiden an. »Was wollt ihr mit meinen Schuhen?«

»Jetzt hat sie sich selbst verraten!«, lacht Vicky und hält die Schuhe wie eine Trophäe hoch. »Das sind die Schuhe, die der Bankräuber trug.«

»Ich sage gar nichts mehr!«, zischt die Blondine giftig.

»Hollmann«, kommandiert der Kommissar und reicht seinem Assistenten die Handschellen. »Nehmen Sie diese Person fest.« Wütend kneift die Blondine ihre Augen zu schmalen Schlitzen zusammen, als sie sieht, wie der Kommissar das Geld aus ihrer Kasse nimmt. Nachdem er kurz durchgezählt hat, stellt er fest: »Da fehlt ja über die Hälfte! Wo haben Sie den Rest versteckt? Raus mit der Sprache!« Ein feines Rascheln ist zu hören, als der Kommissar die Geldscheine eilig in einen Beutel stopft.

Vicky fährt hoch. Dieses Rascheln hat sie schon einmal gehört. Aber wo?

In diesem Moment springt Dennis auf. »Wo willst du hin?«, ruft Vicky.

»Das Kassenhäuschen – die Tafel!«, ruft Dennis. »Komm mit!«

Welche Botschaft steht auf der Tafel?

Als der Kommissar ins Kassenhäuschen stürmt, ruft Vicky triumphierend: »Ich weiß, wo das Geld steckt! Bei dem dritten Sklaven von links! Kommt mit!«

Der Kommissar, der Marionettenspieler und Dennis laufen hinter Vicky her, die durch den Hinterausgang und die Pappkulissen wieder in die Grotte des Kalifen schlüpft.

Sie geht zu der Puppe, deren Hose beim Bankraub benutzt wurde, und tastet die Beine ab. Ein feines Rascheln ist zu hören.

»Das Geld ist in den Hosenbeinen eingenäht!«, strahlt Vicky, während die anderen sie verblüfft anstarren.

Dennis streckt anerkennend seinen Daumen in die Luft. Die Rätselbande ist einfach unschlagbar!

Das Bilder-Rätsel

Dennis sitzt im Geheimtreff der Rätselbande auf einer Matratze und füllt vorsichtig etwas Aluminiumpulver für Fingerabdrücke in eine kleine Dose. Vicky hämmert einen Nagel in einen Balken. Dennis zuckt erschrocken zusammen und verschüttet das Aluminiumpulver über den Tisch.

»Na, prima!«, meint er und verschränkt wütend die Arme.

»Tut mir Leid, aber wir müssen doch das Netz mit den Zitronen irgendwo aufhängen.« Vicky hilft Dennis das graue Pulver wieder in das Döschen zu befördern.

»Brauchst du Vitamine fürs Gehirn?«, meint Dennis grinsend.

»Quatsch! Die sind doch für Geheimtinte. Wenn du mit Zitronensaft schreibst, wird die Schrift unsichtbar, wenn der Saft getrocknet ist. Aber wenn du das Papier an eine Kerze hältst . . .« Vicky wedelt mit einem unsichtbaren Zauberstab in der Luft herum. »Und Simsalabim – schon ist die Schrift zu sehen!«

In diesem Moment heulen Martinshörner auf. Dennis stürzt ans Fenster und schaut mit dem Außenspiegel die Mozartstraße entlang. In der Ferne sieht er das Blinken der Blaulichter.

»Die halten hier irgendwo in der Nähe! Drüben am Wilhelmplatz. Da ist bestimmt was passiert!«

Vicky und Dennis packen innerhalb von drei Sekunden ihren Detektivrucksack, schlüpfen vorsichtig durch die Tür, damit ihre Büchsen-Alarmanlage nicht losscheppert, und flitzen die Treppe hinunter. Beinahe wären sie am Ausgang mit dem alten Herrn Brombach zusammengestoßen, der seinen Dackel ausführt.

»Da drüben im Museum!«, berichtet er mit zittriger Stimme und zeigt rüber zum Wilhelmplatz. »Da ist ein kostbares Ölgemälde gestohlen worden. Das haben sie gerade in der Bäckerei erzählt. Nein, nein, nein. Wie furchtbar! Am helllichten Tag!«

»Kommissar Poschmann wird es bestimmt wieder finden«, meint Vicky beruhigend und lächelt dem alten Mann aufmunternd zu.

Vicky und Dennis laufen so schnell sie können zu dem alten Museumsbau. Sieben Polizeifahrzeuge sind vor dem Gebäude geparkt. Ein paar Polizisten riegeln den Eingang ab.

In diesem Moment fährt Kommissar Poschmann vor. Er hievt sich aus dem Wagen.

»Aus dem Weg!«, knurrt er Vicky und Dennis an, als sie neugierig auf ihn zugehen. »Das ist nichts für Kinder!« Mit weit ausladenden Schritten stolziert er die Marmortreppen hoch zum Eingang, der von drei Beamten bewacht wird.

Vicky und Dennis sehen sich achselzuckend an. Wenn sie hier nicht reinkommen, vielleicht klappt es ja beim Hintereingang.

Die beiden laufen an dem lang gezogenen Gebäude vorbei, schlüpfen durch eine Gartenanla-

ge und gelangen in den gepflasterten Hinterhof.

»Mit Fußabdrücken ist hier nichts drin«, meint Dennis, als er vorsichtig die Klinke vom Hintereingang herunterdrückt. Aber die Tür gibt nicht nach, sie ist verschlossen. Plötzlich entdecken die beiden nur ein paar Meter weiter ein Gitter. Jemand hat es von dem Schacht gehoben, durch den man zu einem Kellerfenster gelangt.

»Da unten liegt doch was! Sieht aus wie eine Geldbörse«, flüstert Vicky aufgeregt. »Das holen wir uns. Steig du runter, ich stehe Schmiere.«

Während Dennis in den Schacht klettert, schaut Vicky sich vorsichtig um. Aber außer einem Wärter in grauem Kittel, der drüben am Kastanienbaum den Hof fegt, ist niemand zu sehen.

Dennis nimmt aus dem Rucksack eine Plastiktüte und schiebt vorsichtig die Geldbörse hinein, um die Fingerabdrücke nicht zu verwischen. Dann pinselt er Aluminiumpulver auf den Fensterrahmen, nimmt mit einem breiten Klebebandstreifen die Abdrücke, die sich mit dem Pulver gebildet haben, und klebt sie auf eine durchsichtige Folie. Er findet drei verschiedene Abdrücke, die er behutsam in seinem Rucksack verstaut. Geschmeidig stemmt er sich hoch und klettert wieder aus dem Schacht heraus.

»Glück gehabt!«, raunt er Vicky zu. »Gerade kamen Polizisten und durchsuchten die Räume. Aber sie haben mich nicht gesehen.«

Gespannt rennen die beiden zurück zum Haupteingang.

Ein kostbares Ölgemälde des berühmten Malers Vanderberg, der vor ein paar Monaten gestorben ist, wurde gestohlen.

In diesem Augenblick kommt Kommissar Poschmann die Marmortreppen des Museums herunter.

»Und?«, fragt Vicky mit bravem Augenaufschlag. »Haben Sie schon einen Verdacht?«

»Verschwindet!«, knurrt der Kommissar ärgerlich. »Das ist nichts für Kinder!«

Die beiden flitzen die Mozartstraße zurück, die Treppe hoch in ihre Dachkammer, schlüpfen durch den Türspalt, ohne die Schepper-Anlage auszulösen, und legen die Geldbörse auf den Tisch.

»Guck mal hier, hier ist ein Ausweis. Der Mann heißt Albert Pirelli. Ob das sein richtiger Name ist?« Vicky schaut Dennis skeptisch an.

»Was hältst du davon, wenn wir Gerry fragen?« Dennis Augen funkeln vor Begeisterung, als würde in seinen Gehirnzellen ein Feuerwerk abgefackelt. »Der aus dem Chat. Von dem haben wir doch auch die E-Mail.«

»Genau! Sein Vater arbeitet bei der Polizei. Vielleicht kann der rauskriegen, wer Albert Pirelli ist. Schließlich geht's hier um Diebstahl.« Sie klicken sich in den Computer und senden die Mail.

»Jetzt müssen wir eben warten«, meint Vicky, während sie mit einem Filzstift eine neue Mappe beschriftet: »Das Rätsel um das gestohlene Gemälde!«

Gemeinsam überlegen sie, welche Indizien sie schon gesammelt haben:

1. Gestohlen wurde ein Bild des Malers Vanderberg, der vor vier Monaten gestorben ist.

2. Drei Fingerabdrücke von dem Fensterrahmen.

3. In der Geldbörse befindet sich außer dem Ausweis nichts weiter, nur sechs Euro fünfunddreißig.

Vicky schaut zum zehnten Mal auf die Uhr. Die Zeit dehnt sich wie ein Gummiband. Jede Minute schaut Dennis zu dem Bildschirm rüber, ob Gerry sich endlich zurückmeldet.

Vicky beobachtet gelangweilt im Außenspiegel am Fensterbrett die Straße.

Die Blaulichter der Polizeiwagen am Wilhelmplatz sind nicht mehr zu sehen. Die Polizeiautos sind wohl ins Präsidium zurückgefahren. Die Mozartstraße liegt ganz ruhig.

Genau nach vierundfünfzig Minuten springt Dennis von der Matratze auf. Die Antwort von Gerry flackert gerade im Computer auf. Er mailt, dass Albert Pirelli ein bekannter Verwandlungskünstler ist. Er hat drei weitere Namen: Sandra Morbach, Tom Schlichter und Marcus Bauer. Und das ist sein Fingerabdruck:

Befindet sich Albert Pirellis Fingerabdruck auch auf dem Fensterrahmen?

Treffer!«, ruft Vicky! »Der mittlere Abdruck muss von diesem Pirelli sein!«

Zehn Minuten später stehen die beiden an der Marmortreppe vor dem Museum. Die Spurensicherung hat gerade ihre Arbeit beendet. Neugierig laufen sie in den Saal, wo das gestohlene Bild von Jan Vanderberg gehangen hat. Fünf weitere Ölgemälde sind von ihm noch ausgestellt. Vicky schaut sie nachdenklich an. Vanderberg hat wohl die Farbe Blau sehr gemocht. Die Bilder tragen die Unterschrift: »Geschichte in Blau«.

»Mensch, guck mal!«, sagt Vicky. Siehst du auch, was ich sehe?«

Was ist Vicky an den fünf Bildern Besonderes aufgefallen?

Mensch, das ist ja wie ein Puzzle!«, flüstert Dennis. »Die Teile ergeben zusammen ein Haus. Was, glaubst du, ist auf dem gestohlenen Bild zu sehen?«

»Da sieht man das ganze Haus!«, antwortet Vicky.

»Genau! Ich wette, in dem Haus steckt ein Geheimnis. Vielleicht wollte der Maler ja auf irgendetwas hinweisen.« Vicky blättert aufgeregt in einem Ausstellungskatalog.

»Hier!«, ruft sie und liest: »Geschichte in Blau. Gemalt in Obernberg.« Vicky schaut Dennis nachdenklich an. »Obernberg? Das ist doch gar nicht weit von hier!«

An der Kasse durchsuchen sie die Gemälde-Postkarten nach dem gestohlenen Bild. Tatsächlich! Da ist es. Das Haus ist ziemlich gut zu erkennen.

»Lass uns einfach hinfahren!«, schlägt Dennis vor. »Dann werden wir schon sehen, was da los ist.«

Sie fahren mit der Bahn nach Obernberg und zeigen dem Bahnhofswärter die Karte mit dem Ölgemälde von Jan Vanderberg. Der Beamte erklärt ihnen den Weg zu dem Haus. Es liegt einsam hinter einem kleinen Waldstück auf einem Hügel verborgen.

Leise schleichen sie sich an das Haus heran. Sie lauschen, aber nichts ist zu hören. Vorsichtig öffnen sie die knarrende Eingangstür, die nur angelehnt ist. Nur durch die Ritzen der geschlossenen Fensterläden fällt ein wenig Licht. Eine Maus huscht über ihre Füße. Plötzlich öffnet sich mit einem Schlag eine hölzerne Falltür und Dennis fällt nach unten in die Dunkelheit.

»Hast du dir weh getan?«, ruft Vicky ängstlich.

»Nee, alles in Ordnung«, hört sie seine Stimme aus der Tiefe. »Nur, wie komme ich wieder rauf?«

In diesem Moment öffnet sich knarrend die Eingangstür. »Hallo, ist hier jemand?« Eine junge Frau mit schwarzen Locken und knallroten Lippen kommt herein. Vicky ist wie erstarrt.

»Du musst keine Angst haben«, lächelt die Fremde. »Ich habe nur so ein Poltern gehört. Kann ich euch helfen?«

»Ja«, stottert Vicky. »Mein Freund ist durch diese Falltür gefallen. Wir wissen einfach nicht, wie wir ihn wieder hoch holen können.«

»Kein Problem«, meint die junge Frau. Darf ich mich vorstellen? Sandra Morbach.« Sie öffnet die Klappläden und helles Sonnenlicht fällt in den Raum. »Ich habe im Auto drüben auf dem Parkplatz ein Abschleppseil. Damit können wir ihn hoch ziehen. Was macht ihr denn in diesem Haus?«

»Ooch, wir suchen da . . .«, meint Vicky. Plötzlich fällt ihr etwas ein.

Woran muss Vicky plötzlich denken?

Richtig. Sandra Morbach war doch einer der drei Namen von Albert Pirelli, diesem Verwandlungskünstler!

»Ich kann nicht auftreten«, stöhnt Dennis plötzlich. »Mein Fuß ist verstaucht. Vielleicht ist er sogar gebrochen!«

»Am besten, du kletterst herunter und hilfst deinem Freund«, bemerkt Sandra Morbach, als sie mit Vicky das Seil geholt hat. »Dann zieh ich ihn hoch.«

Vicky klettert das Seil herunter, das der Verwandlungskünstler in den Händen hält. Plötzlich klappt über ihnen der Deckel der Falltür zu. Sie sind gefangen. Ein hässliches Gelächter ist von oben zu hören.

»Wie ist es?«, meint Vicky besorgt. »Was ist mit deinem Fuß?«

»Alles in Ordnung. Das war doch nur ein Trick. Was weiß ich, was dieser Pirelli sonst mit uns angestellt hätte.« Dennis grinst übers ganze Gesicht und deutet nach links. »Außerdem ist da ein Ausgang!«

Tatsächlich gelangen sie durch einen schmalen Tunnel, der steil ansteigt, wieder ans Tageslicht. Vorsichtig biegen sie die Äste von einem dichten Gebüsch zur Seite. Von hier aus können sie das verfallene Haus genau beobachten. Sie sehen, wie Albert Pirelli, der sich diesmal nicht verkleidet hat, auf dem Weg steht und eine Leinwand mit einem Gemälde auseinander rollt. Dann nimmt er einen Zettel aus der Tasche und schüttelt immer wieder den Kopf.

»Hast du die Kamera dabei?«, fragt Vicky leise.

Dennis kramt aus dem Rucksack die Kamera und knippst Pirelli mit dem Ölgemälde. Wie er zum Haus geht, die Tür aufmerksam betrachtet, die Fensterläden öffnet und schließt, die Steine vor dem Eingang hoch hebt und unter die verfaulten Blumenkästen schaut.

»Der sucht irgendetwas!«, flüstert Dennis ihr zu. »In dem Bild muss irgendeine Nachricht stecken. Aber welche?«

Pirelli setzt sich nachdenklich auf eine Bank, die neben dem verfallenen Haus steht, legt den Zettel auf einen Tisch und beschwert ihn mit einem Stein. Nach ein paar Minuten geht er in das verfallene Haus.

»Wir müssen den Zettel bekommen!«, meint Vicky aufgeregt. Sie schleichen so schnell sie können geduckt durch das Gestrüpp den Hügel runter zu dem Tisch, legen den Stein zur Seite und schnappen sich den Zettel. Blitzschnell laufen sie zurück in ihr Versteck.

Was steht auf dem Zettel?

Verstehst du das?«, fragt Vicky nachdenklich.

In diesem Moment trottet Albert Pirelli aus dem Haus. Er wischt sich Staub von der Jacke und geht zu dem Tisch, um den Zettel an sich zu nehmen. Erschrocken schaut er hoch und blickt sich nach allen Seiten um. Aus der Tasche zieht er langsam einen Revolver.

»Los, puste den Zettel hoch. Dann sieht es so aus, als hätte der Wind ihn weggeweht.«

Die beiden lassen den Zettel von der Anhöhe aus herunterflattern.

Albert Pirelli sieht gerade noch, wie das weiße Papier in ein Gebüsch fliegt. Er bleibt für ein paar Sekunden regungslos stehen, atmet dann aber erleichtert auf und steckt die Pistole wieder ein. Mit spitzen Fingern zuppelt er das Papier aus dem stacheligen Gestrüpp.

»Vielleicht sollten wir doch unsern Lieblingskommissar rufen!«, flüstert Vicky und hüpft in der Hocke ein paar Zentimeter hin und her. »Hier kommen wir nicht weiter. Außerdem schlafen mir die Beine ein!«

Zehn Minuten später bremsen drei Einsatzwagen der Polizei vor dem Haus. Elf Einsatzkräfte umzingeln das Gelände, während

Kommissar Poschmann den Einsatz leitet. Obwohl sie alles untersuchen, bleibt Pirelli verschwunden.

Wo hat sich Pirelli versteckt?

Plötzlich ruft Vicky: »Da ist er doch!« Sofort wird Pirelli durchsucht und verhaftet. Unter seinem Hemd hat er nämlich das wertvolle Gemälde versteckt.

»Sieh dir das an!« Vicky starrt auf das Gemälde. »Der blaue Weg führt zum roten Ziel. Das Einzige, was auf dem Bild rot ist, ist der Schornstein.«

Dennis schaut hoch zu dem Haus. »Genau! Das muss es sein. Das Ziel ist rot! Im Schornstein muss irgendetwas versteckt sein.«

Kommissar Poschmann schaut die beiden skeptisch an und verschränkt seine Arme über seinem Bauch.

»Was soll denn in einem Schornstein versteckt sein?«, dröhnt er lachend.

Trotzdem lässt er eine Leiter holen und das Dach untersuchen. Aber nichts ist zu finden. Nicht im Schornstein und auch nicht unter den Dachziegeln.

»Moment«, sagt Vicky und tippt sich an die Stirn. »Wir haben was vergessen. Was kann denn das bedeuten: Drei und vier und sieben, jeweils zwei?«

Der Kommissar streicht sich nachdenklich über seinen Schnurrbart.

Aber Dennis zwinkert Vicky verschmitzt zu. »Ist doch logisch. Wenn nichts im Schornstein ist und auch nicht außen, dann muss etwas in den Steinen stecken.«

»In der dritten, vierten und siebten Reihe. Jeweils der zweite Stein!« Vicky klatscht vor Begeisterung in die Hände.

»Von welcher Seite aus?« Der Kommissar kratzt sich irritiert im Nacken.

»Von der Seite aus, wie er gemalt ist«, ruft Vicky und klettert die Leiter hoch. Vorsichtig zieht sie den zweiten Stein aus der dritten, vierten und siebten Reihe heraus. Dennis holt aus dem Dienstwagen des Kommissars einen Schraubenschlüssel und klopft die Steine auf. In Hohlräumen sind Juwelen und Goldmünzen versteckt.

»Nun ja!« Kommissar Poschmann räuspert sich gewichtig. »Jetzt durftet ihr mal mitraten, obwohl ich ja schon längst gewusst habe, dass der Schatz im Schornstein eingemauert ist.«

Dennis und Vicky grinsen sich an. »Natürlich, Herr Oberkommissar Poschmann!«

»Kommissar, das reicht«, wendet er verlegen ein und haucht gegen seine Polizeimarke. »Pirelli hat den Schmuck vor Jahren in verschiedenen Hotels gestohlen. Der größte Teil der Beute wurde allerdings nie gefunden. Die hatte er seinem Freund, Jan Vanderberg, zur Aufbewahrung gegeben. Vor zwei Wochen wurde Pirelli aus dem Gefängnis entlassen.«

»Und Vanderberg hat ihm, bevor er starb, diesen Zettel mit der verschlüsselten Botschaft zugesteckt.« Dennis zwinkert Vicky zu. Auch dieses Rätsel wäre gelöst! Untergehakt schlendern die beiden Mitglieder der Rätselbande zurück zum Bahnhof. Welches Geheimnis wohl als nächstes auf sie wartet?

Der Mumienraub

Dennis hockt vor dem kleinen Tisch und versucht aus Spielkarten ein dreistöckiges Haus zu bauen. Vorsichtig stellt er zwei Karten hochkant gegeneinander, als es an der Tür klopft. Zweimal kurz und dreimal lang. Vicky öffnet die Tür einen Spalt, um nicht die Alarm-Schepperanlage in Gang zu setzen, und schlüpft in die Dachkammer. (Die »Schepperanlage« besteht aus Dosen, die an einer Schnur direkt vor der Tür baumeln!) Mit voller Wucht knallt Vicky die Tür zu, sodass das Kartenhaus in sich zusammenfällt.

»Kannst du denn nicht aufpassen?« Dennis wirft Vicky einen wütenden Blick zu.

»Keine Zeit. Los, pack die Sachen zusammen. Im Museum ist eingebrochen worden.«

»Echt? Und was wurde geraubt?« Dennis springt auf und schnappt sich seinen Rucksack.

»Die haben in der ägyptischen Abteilung eine Mumie mitgehen lassen«, berichtet Vicky. »Erst gestern hab ich's in der Zeitung gelesen. Da gibt's eine Kunsträuberbande, die ist in ganz Europa aktiv.«

»Aber was wollen die mit 'ner Mumie?«, fragt Dennis und packt die Detektivausrüstung zusammen.

»Na, verkaufen! Auf dem Schwarzmarkt kriegst du doch alles los. Und Mumien sind ein Vermögen wert.« Vicky pustet sich eine blonde Locke aus dem Gesicht. »Los komm!«

Schon laufen sie die Treppe runter und flitzen hinüber zum Wilhelmplatz.

Vor ihnen erhebt sich das Museum mit den hohen Säulen und der Marmortreppe. Der Direktor steht am Eingang und knetet nervös seine Hände. Immer wieder schaut er auf die Armbanduhr.

Einige Schaulustige haben sich versammelt und warten offenbar darauf, dass die Polizei kommt.

Vicky und Dennis drängeln sich unauffällig unter die Leute.

»Wie kann denn so eine Mumie überhaupt aus dem Museum verschwinden?«, fragt der alte Herr Brombach, der gerade seinen krummbeinigen Dackel ausführt. »Einen Diamanten, ja, den kann man einfach so mitnehmen. Aber eine Mumie?«

»Aber die ägyptische Abteilung liegt doch im Erdgeschoss!« Frau Dechent schiebt ihr giftgrünes Hütchen zurecht. »Da kann man sie doch durch das Fenster in den Hinterhof transportieren.«

»Aber die Türen sind völlig unbeschädigt, hab ich gehört, und die Fenster sind vergittert«, meint eine dickliche Dame und wischt mit einem Taschentuch über das hochrote Gesicht.

In diesem Moment biegt ein Polizeiwagen um die Ecke. Mit quietschenden Reifen hält er vor dem Säuleneingang des Museums. Die hintere Wagentür öffnet sich und Kommissar Poschmann zwängt sich heraus. Als er Vicky und Dennis sieht, wirft er ihnen einen missbilligenden Blick zu.

»Was macht ihr denn hier schon wieder?«, ruft er ärgerlich. »Das ist viel zu gefährlich für euch. Dies hier ist Sache der Polizei!« Der Kommissar reibt sich mürrisch über seinen Schnurrbart und geht mit ausladenden Schritten die Treppen hoch zum Museumsdirektor.

Dennis und Vicky werfen sich einen kurzen Blick zu. Blitzschnell huschen sie an den Polizeikräften vorbei ins Museum. Aber die ägyptische Abteilung ist abgeriegelt.

»Dann untersuchen wir den Raum unter der ägyptischen Abteilung«, flüstert Vicky. »Irgendwie muss die Mumie ja verschwunden sein«

Die beiden flitzen ins Kellergeschoss. Hier sind Kunstgegenstände aus Polynesien ausgestellt. Ganz hinten im Raum befindet sich eine Theke, wo es Getränke, Souvenirs und Kuchenstückchen zu kaufen gibt. Die Serviererin holt gerade frische Gläser aus dem Lastenaufzug, der sich neben der Theke befindet.

Dennis stößt Vicky an. »Denkst du auch, was ich denke?«

»Du meinst, die könnten die Mumie im Aufzug hier runterge-

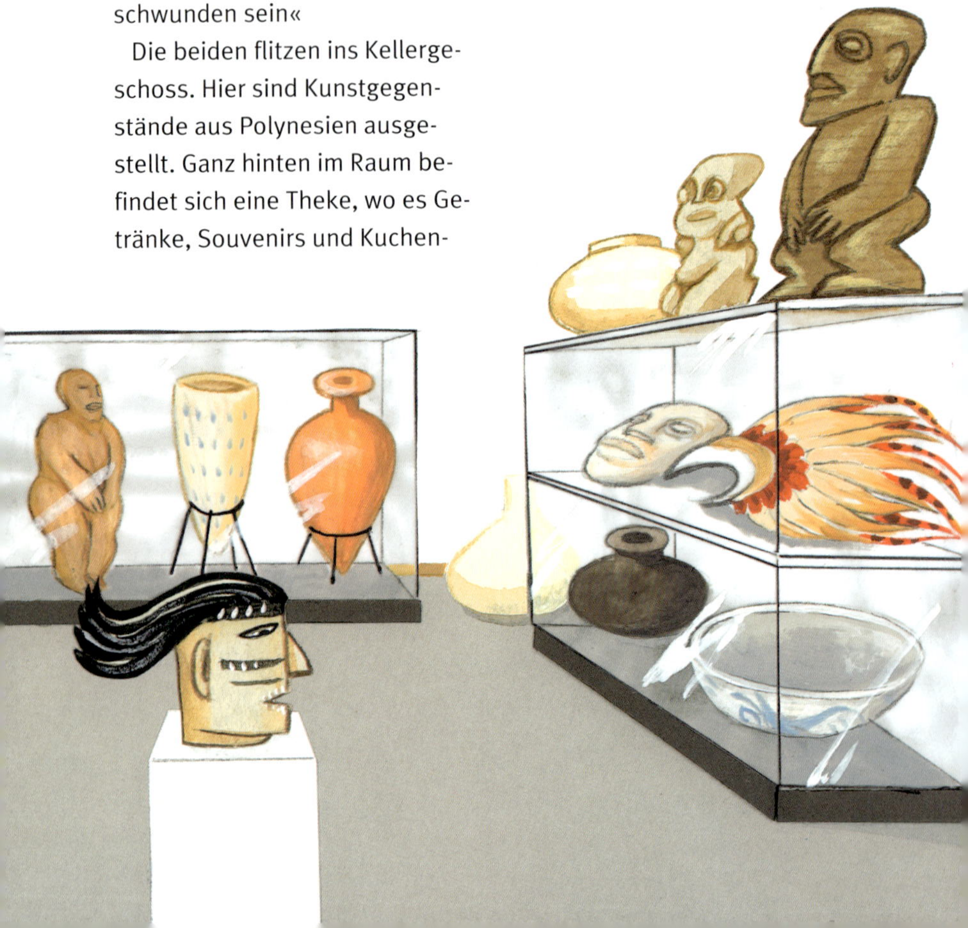

bracht haben?«, flüstert sie hinter vorgehaltener Hand. Dennis zwinkert ihr zu. Sie betrachten die polynesischen Masken in den Vitrinen, bis die Serviererin endlich den Raum verlässt. Blitzschnell laufen die beiden zu dem Aufzug und setzen sich hinein.

»Und wie setzen wir das Ding in Bewegung?«, fragt Vicky.

»Guck mal, da oben«, sagt Dennis und zeigt auf eine kleine Schalttafel. Darüber hängt ein Zettel mit Zahlen.

»Ob das ein Code ist?«, meint Vicky.

Welche Zahlen müssen Vicky und Dennis drücken?

Dennis zwinkert Vicky zu. »Das ist ein magisches Quadrat! Von welcher Seite du auch die Zahlen zusammenzählst, immer muss dasselbe herauskommen. Es ist 72! Jetzt heißt es rechnen!« Er drückt die fehlenden Zahlen und den Knopf, der abwärts zeigt. Ruckelnd setzt sich der Aufzug in Bewegung. Nach ein paar Sekunden bleibt er stehen und Vicky öffnet die schmale Klapptür. Leise klettern sie aus dem Aufzug und knipsen die Taschenlampen an. Vor ihnen liegt ein dunkler Felsgang. Es riecht nach feuchter Erde und fauligem Wasser.

»Hier sind zwei Menschen langgegangen«, flüstert Dennis, als er den Lehmboden ableuchtet.

Sie folgen den Spuren, bis sie zu einer Treppe kommen. Von unten schimmert blasses Licht. Vorsichtig schleichen sie die Treppe hinunter. Ein weiterer Gang führt nach rechts. Plötzlich sind Stimmen zu hören. Sie gehen in die Hocke und linsen um die Ecke.

Vor ihnen liegt in einer unterirdischen Höhle eine riesige Ausgrabungsstätte. Ein Palast mit weißen Säulen und Marmorstufen ragt aus dem Fels hervor. Auf dem vorgebauten Balkon stehen mehrere weibliche Statuen in fließenden Marmorgewändern, die Körbe mit Früchten im Arm halten. Die Höhle sieht aus wie eine gigantische Baustelle. An mehreren Stellen sind Erdhügel aufgeworfen, daneben stehen Schaufel und Eimer. Zwei Männer schleppen Krüge und Marmorbüsten aus einer Bodensenke in den Palasteingang. An den Wänden hän-

gen Scheinwerfer, die die Ausgrabungsstelle beleuchten.

Vicky und Dennis halten vor Staunen den Atem an. Plötzlich gibt Dennis Vicky einen Stoß. »Mensch, schau mal, was hat dieses Ding hier zu suchen?«

Ein Gegenstand gehört nicht hierher. Welcher ist es?

Ich fass es nicht! Hier lassen Kunsträuber uralte Schätze ausbuddeln und dann schaffen sie die Sachen weg. Jetzt wissen wir auch, wie die Mumie transportiert wurde!«, flüstert Dennis.

»Ganz klar!«, antwortet Vicky leise. »Die transportieren die Mumien und die anderen Kostbarkeiten mit dem Sarg weg.«

In diesem Moment hören sie schlurfende Geräusche hinter sich. Jemand räuspert sich. Dennis und Vicky huschen hinter einen Sandhügel und beobachten, wie eine Gestalt in einem dunklen Anzug auf die Arbeiter zugeht und mit ihnen redet. Dann verschwindet der Mann im Palast. Die Arbeiter stecken die Schaufeln in die Erde und folgen mit dem Sarg. Im nächsten Augenblick wird das Licht gelöscht.

»Los, knips die Taschenlampe an!«, flüstert Dennis.

Die beiden schleichen zu dem Palast. Vicky leuchtet über den Boden, der mit Mosaiksteinen ausgelegt ist. Die Wände sind mit großflächigen Malereien ausgestattet.

Vorsichtig öffnet Dennis eine Eichenkiste mit metallenen Beschlägen. Sie ist gefüllt mit alten Münzen.

»Sieht aus, als wären die aus echtem Gold!«, raunt Vicky. Sie öffnet einen runden Korb, der daneben steht und schreit entsetzt auf. Aus dem Korb kriecht zischend eine gelb gezackte Schlange.

»Los, weg hier!«, schreit sie. Aber wohin? In der Dunkelheit finden sie den Ausgang nicht mehr.

»Hier!«, ruft Dennis. »Hier sind Fußspuren!« Sie folgen den Fußabdrücken und geraten vor eine Wand. Doch ein Ausgang ist nicht zu sehen.

»Irgendwo muss es hier eine Geheimtür geben«, meint Vicky. »Auch Räuber können sich nicht in Luft auflösen!« Die beiden suchen die Wand ab, aber keine Erhebung und auch keine Lücke ist zu finden. Plötzlich fällt das Licht ihrer Taschenlampe auf einen weißen Löwenkopf, der auf einem hohen Sockel steht. Aus den Augen und dem geöffneten Maul schimmert grünliches Licht. In den Sockel sind Buchstaben gemeißelt. »Verstehst du, was das soll?«, fragt Dennis.

»Schau mal, hier hat jemand was verloren!«, ruft Vicky.

»Mensch, ich glaube, damit können wir die Botschaft entschlüsseln!«

Was bedeuten die Zeichen?

N*ur der Blinde kennt den Weg«,* liest Vicky. »Also, der Löwe soll blind sein«, meint sie. »Dann müssen wir das grüne Licht der Augen abdecken. Vielleicht ist das so was wie eine Lichtschranke.«

Dennis klettert an dem Sockel hoch und verdeckt die Augen des Marmorlöwen. Sofort öffnet sich eine verborgene Tür.

Vicky und Dennis springen durch die Wandöffnung, während sich die Steintür mit einem knirschenden Geräusch wieder verschließt.

»Wenn sie merken, dass die Schlange nicht mehr im Korb ist, wissen die Verbrecher aber, dass jemand ihr Geheimnis kennt«, meint Dennis besorgt.

»Ist nicht zu ändern!«, sagt sie, zuckt gleichgültig mit den Schultern und zieht ihn mit sich in den Gang, der vor ihnen liegt. Wieder müssen sie unzählige Treppenstufen hochsteigen, bis eine schmale Tür in einen verwinkelten Keller führt, der mit Kisten voll gestapelt ist. In einer Ecke liegen Stroh und ein Stapel Zeitungen.

»Hier werden wahrscheinlich die geraubten Antiquitäten verpackt!« Dennis zeigt auf eine schmale Holzleiter, die zu einer verschlossenen Bodenklappe führt. Gemeinsam wuchten sie den Holzverschlag hoch und landen in einem altmodisch eingerichteten Wohnraum. Von draußen ist das Aufheulen eines Motors zu hören. Die beiden laufen an das vergitterte Fenster.

»Mensch, da steht ja ein Wagen von dem Beerdigungsinstitut ›Himmel‹! Wetten, dass sie den Sarg da drin verfrachtet haben?«

Fieberhaft suchen sie einen Ausgang. In einem Abstellraum finden sie ein Fenster, das sich öffnen lässt, und springen in den Garten. Blitzschnell flitzen sie um das Haus herum und fotografieren gerade noch den schwarzen Kombi, bevor er hinter der nächsten Ecke verschwindet.

»Ob das Kennzeichen zu entziffern ist?«, fragt Vicky und betrachtet neugierig das Sofortbild, das sich langsam entwickelt.

»Wir können es ja vergrößern!«, meint Dennis und steckt

es in die Indizienmappe. »Wo sind wir hier eigentlich?«, fragt Vicky und betrachtet das Haus, aus dem sie gerade gekommen sind. »Spatzengasse Nummer vier! Hast du gewusst, dass es von hier aus einen unterirdischen Gang zum Museum gibt?«

Vicky schüttelt den Kopf. »Am besten, wir fahren ins Stadtarchiv. Die müssten über so etwas doch Bescheid wissen! Und die können auch sagen, wem das Haus gehört!«

Tatsächlich erläutert ihnen der Archivar, dass es früher mehrere Tunnel zwischen den Häusern gab.

Solche Verbindungen habe man während des Zweiten Weltkrieges öfters gebaut, aber die meisten seien aus Sicherheitsgründen wieder zugeschüttet worden.

»Meine Tante hat mal erzählt, dass es in der Spatzengasse 4 noch so einen Tunnel gibt«, meint Vicky mit unschuldigem Blick. »Wem gehört denn jetzt das Haus? Ob man sich den Stollen mal ansehen könnte? Wir brauchen das nämlich für die Schule.«

Der Archivar nickt freundlich und schaltet den Computer an. »Das Haus gehört einer Elfriede von Ginsterfeld. Aber fragen müsst ihr sie schon selbst.«

Aufgeregt laufen Dennis und Vicky in ihre Dachkammer und scannen das Foto in den Computer ein, um es zu vergrößern.

»Super!«, strahlt Dennis. »Die Autonummer ist astrein zu erkennen. RDK–KF 237.«

»Moment mal!« Vicky schaut konzentriert auf die Vergrößerung. »Da ist doch was hinter der Autoscheibe!«

Dennis vergrößert den Bildausschnitt noch weiter. Tatsächlich! »Da sitzt jemand«, sagt Dennis. »Sieht aus, als ob er sich mit der Hand über den Kopf fährt. Hat einen dicken Ring am Finger!«

»Mal sehen, was die Leute vom Beerdigungsinstitut dazu sa-

gen!« Vicky schaut ins Telefonbuch und tippt eine Nummer ein.

»Ja, hallo?«, sagt sie mit verstellter Stimme und zwinkert Dennis zu. »Meine Tante Isolde Butzbach hat in einem Wagen von ihnen ein Portmonee liegen gelassen. Ja, die Autonummer ist RDK–KF 237 . . . Wie bitte? Die Nummer gibt es nicht bei Ihnen? Ja . . . vielen Dank!«

»Dann müssen wir unsere Freunde im Internet fragen, wem die Autonummer gehört«, meint Dennis. »Conny hat doch Verbindungen zur Kraftfahrzeugstelle. Da sind sämtliche Autonummern registriert.«

Tatsächlich erhalten sie wenig später eine Antwort. Sie ist allerdings verschlüsselt.

»Dieser Scherzkeks Conny! Muss der denn ständig alles in Rätsel verpacken?«, grinst Dennis. »Nur weil wir die Rätselbande sind? Aber kein Thema! Schon gelöst!«

»Genau!«, sagt Vicky. »Hier steht als Erstes ein großes B. Also hat Conny den Text nach dem B-Code verschlüsselt!« Schnell schreibt Dennis das Alphabet auf – und genau darunter noch eines, allerdings beginnend mit B.

Wie heißt Connys Botschaft?

D*iese Nummer gehoert einem Rolls-Royce, der einem „Konrad von Ginsterfeld“ gehoert. Die Nummernschilder sind gestohlen gemeldet*«, liest Dennis.

»Das Haus gehört Elfriede von Ginsterfeld und die gestohlenen Autonummern Konrad von Ginsterfeld. Das ist doch ein komischer Zufall.« Vicky zwinkert Dennis zu und blättert wieder im Telefonbuch. »Hier stehen jedenfalls keine Ginsterfelds drin. Die haben bestimmt eine Geheimnummer.«

»Wir sollten uns den Geheimgang noch einmal ansehen«, meint Dennis und legt seine Notizen in die Mappe.

»Hast du denn keine Angst vor der Schlange?«, fragt Vicky.

»Wir wissen doch jetzt, wie der Geheimmechanismus funktioniert. Wir müssen einfach herausfinden, wer der Chef der Bande ist«, sagt Dennis zuversichtlich.

Im Museum ist die ägyptische Abteilung im Erdgeschoss immer noch abgeriegelt. Gerade, als Vicky und Dennis sich vorbeischleichen, um ins Untergeschoss zu kommen, gibt Kommissar Poschmann einem Lokalreporter

ein Interview. »Wir haben zwar noch keine heiße Spur, aber einige wertvolle Indizien«, meint er gewichtig. »Darüber kann ich aber im Interesse der Ermittlung noch nicht sprechen.«

Vicky und Dennis laufen kichernd die Treppe hinunter in den Ausstellungsraum mit den polynesischen Masken. In einer Ecke liegt zusammengerollt eine gelb gezackte, präparierte Schlange.

»Sieh mal, die sieht genauso aus wie die aus dem Korb von der Ausgrabungsstätte!«, flüstert Dennis. Die Serviererin, die gerade Tabletts aus dem Aufzug räumt, lächelt den beiden freundlich zu. »Vor der braucht ihr keine Angst zu haben. Das ist eine polynesische Baumschlange. Die ist völlig harmlos. Außerdem ist sie ausgestopft!«

Plötzlich fällt Vicky etwas auf.

Was hat Vicky bemerkt?

Sieh dir das an! Die trägt doch genau so einen Ring wie die Person in dem Auto«, flüstert Dennis. »Wetten, dass die was damit zu tun hat?«

»Genau!«, meint Vicky leise. »Außerdem kennt die sich verdammt gut mit Schlangen aus. Pass mal auf!«

Vicky stellt sich so, dass sie die Verkäuferin aus den Augenwinkeln genau beobachten kann. Plötzlich ruft sie ganz laut: »Hallo, Elfriede!«

Die Verkäuferin dreht sich neugierig um. »Meinst du mich?«

Aber Vicky schüttelt den Kopf und zeigt auf das Handy, das sie in der Hand hält. »Nein, ich habe nur mit meiner Tante telefoniert!«

Die Verdächtige dreht sich wieder um und bedient ein paar Kunden, die Ansichtskarten vom Museum kaufen wollen.

»Na, was habe ich gesagt!«, grinst Vicky. »Elfriede von Ginsterfeld! Wir müssen warten, bis sie Dienstschluss hat. Dann werden wir sie verfolgen.«

Als Elfriede am späten Nachmittag endlich das Museum verlässt, kurven Vicky und Dennis mit den Rädern scheinbar gelangweilt auf dem Hinterhof herum.

»Da ist sie«, flüstert Dennis. »Vorsichtig hinterher!«

Elfriede von Ginsterfeld geht zu Fuß. Sie hat es sehr eilig und schaut immer wieder auf die Armbanduhr. Endlich biegt sie in die Fasanenstraße ein. Vicky und Dennis können in der Dämmerung gerade noch erkennen, wie sie im Eingang einer Villa verschwindet. In diesem Moment blitzen Scheinwerfer auf. Der Leichenwagen mit der Nummer

RDK–KF 237 biegt um die Ecke und das Garagentor der Villa öffnet sich lautlos. Vicky und Dennis schleichen sich in den Vorgarten, während der Wagen in der Garage verschwindet. Vorsichtig schauen sie durch ein Fenster. Der Raum ist voll gestopft mit Antiquitäten aus aller Welt.

Wo ist die Mumie versteckt?

Vicky gibt Dennis einen Schubs. »Das Fenster! Kuck doch mal! Das ist nur gemalt! Jetzt ist doch schon fast Abend und die Sonne ist untergegangen. Wetten, dass sich hinter dem Gemälde ein Versteck befindet?«

Vicky tippt die Nummer von Kommissar Poschmann in ihr Handy. »Herr Kommissar, schnell, Fasanenstraße drei. Die Mumienräuber!«

Und schon heulen in der Ferne Polizeisirenen auf. Wieder ein Fall gelöst! Die Rätselbande ist einfach unschlagbar!

Das Rätsel um die blaue Farbe

Vicky schaut aus dem Dachfenster über die Backsteinhäuser zur Marienkirche hinüber. Frischer Kuchenduft aus der Bäckerei steigt in ihre Nase. Sie schnuppert und hält ihr Gesicht in die warme Sonne. Endlich Sommerferien! Wo Dennis nur bleibt? Sie hatten sich doch direkt nach der Schule hier verabredet. Sie sieht in den Außenspiegel, den sie vor einiger Zeit an das Fensterbrett geschraubt hat und mit dem sie die ganze Mozartstraße überblicken kann. Plötzlich tanzt vor ihrer Nase ein knallroter Luftballon, der an einer Schnur festgehalten wird. Vicky dreht den Außenspiegel ein wenig nach unten und entdeckt auf dem Bürgersteig Dennis, der ihr aufgeregt zuwinkt. An dem Luftballon hängt ein kleiner Zettel.

Was? Das Rätsel um die blaue Farbe? Innerhalb von ein paar Sekunden hat Vicky die Detektivausrüstung aus dem alten Küchenschrank zu der Indizienmappe in den Rucksack gepackt. Mit einem Messer hebelt sie die Fußlatte hoch, um den Fotoapparat aus dem Versteck zu holen. Sie zwängt sich durch die Türöffnung, um nicht die Alarmschepperanlage in Gang zu setzen, und flitzt die Treppe runter.

»Echt? Ein neuer Fall für uns?«, fragt sie Dennis und schaut dem roten Luftballon nach, der als winziger Farbpunkt am strahlend blauen Himmel verschwindet.

»Ich bin mir ziemlich sicher! Unten am Mühlenbach. Da soll jemand Farbeimer ins Wasser geworfen haben. Diesen Typen werden wir's zeigen!« Dennis grinst übers ganze Sommersprossengesicht und streckt seinen Daumen noch.

»Du hast völlig Recht!«, meint Vicky entschlossen. »Wer die Umwelt versaut, kriegt's mit uns zu tun!«

Die Sonne knallt vom Himmel und die beiden flitzen auf ihren Mountainbikes runter zum Mühlenbach, der sich zwischen alten Weiden durch die Wiesen schlängelt. Die beiden springen von den Fahrrädern und ketten sie an eine schmale Birke. Vorsichtig gehen sie auf der Wiese weiter, um keine Spuren zu verwischen. Jetzt sehen sie drei blaue Farbeimer, die nah am Wasser abgestellt sind.

»Hast du den Fotoapparat dabei?« Dennis bückt sich und lässt das kristallklare Wasser durch seine Finger rinnen.

»Logo!« Vicky kramt die Sofortbildkamera aus dem Rucksack und knipst die drei Eimer. Leider ist blaue Farbe über die Etiketten gelaufen. Von welcher Firma die Farben stammen, ist nicht mehr zu erkennen. Nur einige Buchstaben sind noch lesbar: PE, SL und KF. Sie warten, bis die Bilder getrocknet sind, und stecken sie in eine Mappe.

»Vielleicht gibt es ja noch andere Indizien.« Dennis hockt sich vor die Farbeimer und betrachtet sie näher. »Sieh dir das an! Auf den Etiketten sind blaue Fingerabdrücke zu sehen!«

»So doof können auch nur Umweltsünder sein! Sind die alle von einer Person?«, fragt Vicky und holt eine Lupe aus dem Rucksack, um die Abdrücke zu untersuchen.

Wie viele verschiedene Daumenabdrücke sind zu sehen?

Sieht so aus, als wären da nur Daumenabdrücke von zwei Personen drauf«, meint Vicky. »Ein Abdruck ist zweimal und der andere dreimal zu sehen.«

»Wir sollten auf jeden Fall eine Farbprobe mitnehmen«, meint Vicky. Sie zieht sich Plastikhandschuhe an und öffnet vorsichtig einen Farbdeckel. Die blaue Farbe ist noch ganz frisch. Von der Wiese hebt sie ein Stöckchen auf und taucht es in die zähe Masse. Während die Farbe trocknet, untersuchen sie Zentimeter für Zentimeter den Bach und die Wiese nach weiteren Indizien. Sie finden noch zwei leere Coladosen und eine verdreckte Zeitung.

»Tierschmugglerbande schlägt wieder zu!«, steht in dicken Buchstaben auf der ersten Seite.

»Die Tierschmuggler nehmen wir uns als Nächstes vor!«, meint Dennis. »Aber zuerst sind die Umweltverbrecher dran.«

»Siehst du hier irgendwelche Autospuren auf dem Weg?«

»Nichts zu entdecken. Heute Nacht hat es ja geregnet. Wenn die mit einem Auto gekommen sind, müsste eine Spur zu sehen sein.«

»Aber hier. Hier sind drei ganz schmale Reifenabdrücke. Ganz parallel zueinander!« Dennis zeigt auf die Spuren, die den lehmigen Weg kreuzen. »Sieht nach Fahrrädern aus.«

Vicky zieht aus der Mappe das Transparentpapier und legt es so auf den Waldweg, dass sie die Reifenprofile genau abzeichnen kann.

»Wenn es geregnet hat, müssen die ganz in der Nähe wohnen«, meint Vicky, während sie einen kleinen Frosch beobachtet, der über den Weg hüpft. »Oder würdest du die Farbeimer stundenlang nachts durch den Regen kutschieren?«

In diesem Moment hören sie Martinshörner aufheulen. Ein Streifenwagen hält quietschend auf der Hauptstraße. Kommissar Poschmann steigt behäbig aus dem Auto und streicht sich verärgert mit den dicken Fingern über seinen Schnurrbart. »Schon wieder diese Kinder!«, brummt er, als er durch das hohe Gras stapft. »Ich hoffe, ihr habt nicht alle Spuren verwischt. Macht, dass ihr wegkommt. Das ist nichts für Kinder.«

»Guten Tag, Herr Kommissar Poschmann«, begrüßen ihn Vicky und Dennis. »Auf den Farbeimern gibt es jede Menge Fingerabdrücke. Die sind aber nur von zwei Personen. Bis später!«

»Hoffentlich nicht«, knurrt der Kommissar, während er schnaufend in die Hocke geht, um die Farbeimer zu begutachten.

Vicky und Dennis fahren mit ihren Rädern zum Farbengeschäft Heuss in die Spatzengasse. Wenn der Umweltsünder in der Umgebung wohnt, wird er sicherlich auch die Farbe hier im Viertel

gekauft haben. Vielleicht kann sich ja der Verkäufer an ihn erinnern.

Als sie die Tür zum Geschäft öffnen, schlägt ihnen ein Geruch von Terpentin und frischen Lacken entgegen. Herr Heuss steht oben auf einer Leiter und sortiert neue Dosen ein. In seinem weißen Kittel stecken ein paar Pinsel.

»Was kann ich denn für euch tun?«, meint er und hakt auf einer Tabelle die neue Lieferung ab.

»Wir suchen einen bestimmten Lack«, meint Vicky, während sie das Stöckchen mit der Farbe in der Hand hält. »Haben Sie vielleicht Farbkarten da mit allen Farbtönen, die es gibt?«

»Die hängt direkt neben der Kasse«, ruft er ihnen zu. »Mehr sind nicht auf dem Markt.«

Vicky und Dennis vergleichen die Farbtöne.

»Der hier muss es sein!« Vicky ist sich absolut sicher, als sie die Farbprobe auf dem Stöckchen mit der Farbkarte vergleichen. »Und da stehen auch drei verschiedene Namen von den Herstellern.« Sie holen die Fotografien von den Farbeimern aus dem Rucksack und vergleichen die Buchstaben mit den Namen.

Von welcher Firma stammen die Farbeimer?

Petras
ackparadies
PETERS
LACKFARBEN
PE
KF

P*eters Lackfarben* heißt die Firma!«, ruft Dennis.

Hat denn jemand in der letzten Zeit diese Farbe hier gekauft?«, fragt Vicky und zeigt Herrn Heuss die Farbtabelle.

»Ja, gestern waren zwei Männer hier«, meint er und reibt sich nachdenklich am Kinn. »Die haben genau diese Farbe gekauft. Sie sagten noch, sie müssten eine Mauer streichen.«

»Können Sie sich an die erinnern?«, hakt Dennis nach.

»Tja«, überlegt Herr Heuss und packt eine Kiste mit Wasserfarbkästen aus. »Der eine sah aus wie ein Seemann. Ich habe mich schon gewundert, dass er eine Pudelmütze trägt. Und der andere sah ganz normal aus. Nein, Moment, er hatte eine kleine Warze an der Oberlippe.«

Dennis kritzelt die Angaben auf ein Blatt Papier und steckt es in die Mappe, während Vicky den blau gefärbten Stock in einer Folientüte verpackt.

»Hast du den Stadtplan dabei?«, fragt sie, als sie das Geschäft wieder verlassen haben.

»Klar. Dann werden wir mal ganz systematisch den Stadtteil absuchen.« Dennis steigt auf sein Fahrrad und mustert die Häuserfassaden. »Nach blau gestrichenen Mauern.«

Sie radeln die Spatzengasse entlang, schauen in jeden Hinterhof, begutachten Anbauten im Felsenweg, die Mauern am Wilhelmplatz und in der Mozartstraße. Aber nirgendwo ist eine frisch gestrichene blaue Wand zu entdecken.

»Vielleicht sollten wir es mal am Hafen versuchen«, meint Dennis. »Schließlich sah der eine der Verdächtigen doch aus wie ein Seemann.« Aber auch im Hafen haben sie keinen Erfolg. Selbst die kleinen Barkassen und Fischerboote, die im Hafen tuckern,

leuchten in anderen Farben. Enttäuscht setzen sich die beiden auf eine Bank und betrachten die kleinen Boote, die im Wind schaukeln. Plötzlich sagt Vicky: »Ich hab's! Jetzt weiß ich, wo es noch eine blaue Mauer gibt!«

Was ist Vicky aufgefallen?

Dennis zeigt auf eine der großen Reklametafeln. »Natürlich, das Aquarium ist blau gestrichen!«

Die beiden steigen auf die Mountainbikes und radeln zur Steilküste, wo das große Aquarium gebaut wurde. In einem großen Außenbecken leben auch ein paar Delfine. Vor ein paar Wochen wurde dort sogar ein Delfinbaby geboren.

Langsam fahren sie an der hohen Außenmauer vorbei. Aber die blaue Farbe ist teilweise schon abgeblättert. Auch der Haupteingang sieht aus, als hätte er einen Farbanstrich nötig.

»Vielleicht gibt es irgendwo noch einen Nebeneingang«, meint Vicky. Tatsächlich entdecken sie am Ende der blauen Mauer eine Toreinfahrt, die verschlossen ist. Auch die hohen Blechtore sind blau gestrichen. Auf den Toren sind kleine Eisenspitzen angebracht.

Plötzlich springt Dennis vom Rad. »Hier! Sieh dir das an!« Er deutet auf die Eckkante der Einfahrt. »Irgendjemand hat hier eine Stelle mit einem anderen blauen Farbton überpinselt. Sieht ganz neu aus!«

Vicky und Dennis vergleichen das Blau mit der Farbprobe am Stöckchen. Es ist dieselbe Farbe.

»Da hat wohl jemand die Toreinfahrt gerammt!« Dennis kniet sich auf die Erde, sammelt rote Glassplitter auf und steckt sie in eine Plastiktüte. »Und dabei das Blinklicht zerdeppert.«

»Ob das auch der Umweltsünder war?« Vicky steigt wieder auf ihr Rad. »Wir sollten uns hier mal etwas genauer umsehen!«

Sofort fahren sie zurück zum Haupteingang und kaufen zwei Eintrittskarten. Neugierig laufen sie durch die Gänge mit den türkisfarbenen Becken, in denen

bunte Süßwasserfische schwimmen. Ein großes Schild mit der Aufschrift »Delfine« zeigt nach links. Von dort führt eine Treppe zur Außenanlage.

»Nichts wie hin!«, flüstert Vicky. »Vielleicht gibt es irgendwo einen Platz, wo sie das Auto mit dem kaputten Blinklicht abgestellt haben.«

Sie schlendern an den Delfinbecken vorbei zum Hinterhof, um sich die Autos näher anzusehen. In diesem Moment wird das hohe Tor geöffnet und ein Lieferwagen fährt in die Einfahrt. Drei Männer beginnen ihn zu entladen.

»Aha«, meint Dennis. »Hier kommt das Futter für die Fische!«

Was stimmt hier nicht?

Vicky stößt Dennis an, während sie aus den Augenwinkeln den Hinterhof beobachten. »Hast du das gesehen? Ein Sack mit Erdnüssen! Seit wann fressen Fische denn Erdnüsse? Hier ist irgendetwas faul, wetten?«

Vicky fotografiert die Männer, wie sie die Säcke durch einen Nebeneingang ins Aquarium bringen.

»Los, hinterher!« Vicky zieht Dennis an der Jacke. Sie schleichen in einen dunklen, gekachelten Raum, von dem drei Türen abgehen. Plötzlich steht ein Mann mit einer Pudelmütze vor ihnen.

»Was macht ihr hier?«, fragt er und kneift die Augen zusammen.

»Sind hier keine Fische?«, fragt Vicky mit unschuldigem Augenaufschlag. »Wir suchen doch den Zitteraal, der die Stromschläge verteilt. Wo können wir den denn finden?«

»Zitteraal?«, brummt der Mann. »Keine Ahnung. Jedenfalls nicht hier und jetzt verschwindet.«

Dennis und Vicky setzen sich auf eine Bank neben dem Delfinbecken und kritzeln ein paar Notizen in ihren Ordner. »Ob das der Typ mit Pudelmütze war, der die Farbe gekauft hat?«, überlegt Dennis.

»Könnte sein. Ich sehe mal nach, ob der andere eine Warze an der Oberlippe hat, wie es der Farbenverkäufer beschrieben hat!« Vicky läuft rüber zu dem Lieferwagen, wo der andere Mann gerade einen Sack schultert.

»Entschuldigung, wissen Sie, wie spät es ist?«, fragt sie höflich. Der Wärter schaut sie an. Er hat einen Stoppelbart und fettige Margarine-Haare. Über seiner Lippe wächst eine dicke Warze.

»Nach dem Sonnenstand schätze ich kurz vor vier«, meint er. »Aber wenn du es genau wissen willst, musst du jemand anderen fragen.«

Plötzlich wird er unruhig und schaut aufs Meer hinaus. Vicky folgt seinem Blick. Aber außer einem kleinen Dampfer, der vor der Küste tuckert, kann sie nichts entdecken. Der Mann lässt den Sack fallen und läuft ins Haus. Vicky schaut ihm verdutzt hinterher, wirft noch einen kurzen Blick auf die Blinklichter des Lieferwagens und flitzt zu Dennis rüber.

»Das ist er! Der Warzentyp«, flüstert Vicky aufgeregt. »Irgendetwas stimmt nicht mit dem. Der hat ganz komisch reagiert, als er aufs Wasser hinausgesehen hat. Und rechts der Blinker von dem Lieferwagen ist zersplittert!«

»Auf jeden Fall ist jetzt klar, dass die Wasserverschmutzer hier im Aquarium arbeiten!«, antwortet Dennis leise.

Die beiden laufen zur Mauer, die direkt an der Steilküste endet, und schauen aufs Meer.

Dennis kramt das Fernglas aus dem Rucksack. »Mal sehen, was das für ein Schiff da draußen ist.«

Plötzlich werden aus der Kajüte grelle Blinkzeichen gesendet.

»Da morst doch jemand. Los schreib mit!«, ruft Dennis.

Was wird gemorst?

Ich hab's! Es heißt: Punkt Mitternacht!«, sagt Dennis.

»Das war es also. Der Warzentyp hat auf ein Signal vom Schiff gewartet. Kannst du erkennen, wie das Schiff heißt?«, fragt Vicky.

»Arabella.« Dennis steckt das Fernglas wieder in den Rucksack. »Komm, wir sehen uns noch mal im Aquarium um.«

Die beiden laufen zurück in das Gebäude, an den Becken mit den bunten Süßwasserfischen vorbei zu den dicken Karpfen, die mit wulstigen Lippen durch das Wasser blubbern.

Vicky öffnet vorsichtig eine Tür, hinter der sich ein Abstellraum mit Putzeimern und Besen befindet.

»Ob wir uns hier verstecken sollen?«, überlegt Vicky. »Platz genug ist da.«

»Quatsch!« Dennis tippt sich an die Stirn. »Was glaubst du, was unsere Eltern sagen! Wir müssen uns nach dem Abendessen aus dem Haus schleichen. Dann treffen wir uns hier vor dem Aquarium.«

»Aber um elf Uhr. Dann haben wir noch genügend Zeit, um uns zu verstecken.«

Die Nacht ist sternenklar. Eine warme Brise weht vom Meer über die Steilküste aufs Land. Vicky fährt mit ihrem Mountainbike durch die Straße, die am Aquarium vorbeiführt. Das schwache Licht der Fahrradlampe flackert in der stockdunklen Nacht hin und her. Ganz weit hinten leuchtet das Licht einer Laterne. Ein paar Blätter rascheln an den Büschen. Plötzlich läuft ein Tier mit einem langen Schwanz direkt vor ihr über den Weg.

Kurz vor dem Haupteingang springt sie ab und nimmt die Taschenlampe aus dem Rucksack. Einen Moment bleibt sie stehen. War da nicht ein Geräusch? »Dennis?«, flüstert sie und hält den Atem an.

Plötzlich steht eine dunkle Gestalt vor ihr und leuchtet ihr mit einer Taschenlampe in die Augen.

»Ja, hier bin ich!«, hört sie die Stimme ihres Freundes.

»Musst du mich so erschrecken!« Vicky spürt, wie ihr das Herz bis zum Hals klopft.

»Entschuldige, war nicht so gemeint.« Dennis klettert das Tor vor dem Haupteingang hoch. »Los komm. Oder willst du warten, bis die anderen auftauchen?«

»Und wenn wir beim Hintereingang über das Tor klettern?«, schlägt Vicky vor. »Dann müssen wir nicht durch das Haus!«

»Geht doch nicht. Hast du nicht gesehen, dass da Eisenspitzen obendrauf sind?«

Gelenkig klettern sie über das Tor und schleichen zum Haupteingang. Dort ist ein kleines Kästchen mit Zahlentasten angebracht. Ein Zettel hängt daneben. »Was hat das wohl zu bedeuten?«, fragt Vicky.

Wie heißt der Code?

Quer? Hin plus her?, überlegt Dennis und schüttelt den Kopf. Plötzlich hat er eine Idee: »Wir müssen die Quersumme bilden. Zähl mal die einzelnen Ziffern zusammen.«

»Das macht 31«, meint Vicky. »Und jetzt?«

»Und jetzt noch mal. Drei und eins macht vier. Vier! Das ist die Zahl!« Dennis drückt auf die Taste und lautlos öffnet sich die Eingangstür. Sie schleichen durch die dunklen Gänge und gelangen zu den Außenbecken.

»Wir müssen in die Abstellräume, wo sie das Futter lagern. Vielleicht finden wir da eine Spur!«

Leise schleichen sie an dem Becken mit den Delfinen vorbei, die schnatternd mit erhobenen spitzen Schnauzen durch das Becken schwimmen. Es sieht aus, als wollten sie Vicky und Dennis immer wieder mit Kopfnicken begrüßen. Das Mondlicht spiegelt sich auf ihrer bronzenen Haut und es sieht aus, als würden sie in flüssigem Silber schwimmen.

»Los, komm!« Dennis zieht Vicky, die den Tieren fasziniert zuschaut, am Ärmel. Der Nebeneingang ist verschlossen. Vicky kramt aus ihrem Rucksack einen Dietrich und schiebt ihn in das Schlüsselloch. Vorsichtig drückt sie dagegen, bis es leise klickt, und öffnet die Tür. »Lass die Türen offen«, meint Dennis. »Dann hören wir, wenn ein Auto in den Hof fährt!«

Lautlos schleichen sie in den gekachelten Raum und leuchten die Wände ab, aber nichts Auffälliges ist zu sehen. Die nächste Tür ist unverschlossen und führt in einen großen Raum, in dem Vorräte aufbewahrt werden. Auf Tischen stehen leere Aquarienbecken, an den Wänden sind Futtersäcke und Futterkisten gestapelt, in Regalen werden Netze, Eimer und Handwerkszeuge auf-

bewahrt. Vicky öffnet einen Kühlschrank, in dem Kisten mit Heringen aufbewahrt werden.

Plötzlich hören sie ein leises Krächzen. Für ein paar Sekunden lauschen sie mit angehaltenem Atem. Dennis nimmt ein Glas, das auf dem Tisch steht, stülpt es mit der Öffnung gegen die Wand und hält sein Ohr darauf. »Dahinter! Da ist noch ein Raum. Das müssen Tiere sein! Da krächzt was! «

Die Tierschmuggler!«, flüstert Vicky aufgeregt. »Was die wohl für Tiere hier verstecken?«

Was für Tiere sind hinter der Tür versteckt?

Schau dir mal die Futterkisten an! Erkennst du die Spuren? In der hier ist Futter für Papageien! Und die Erdnüsse sind bestimmt auch für sie! Hier ist Futter für Schildkröten, Eidechsen und Schlangen. Aber wo kommen die Tiere her?«

»Der Typ mit der Seemannsmütze, der hat wahrscheinlich Kontakt zu dem Schiff, von dem die Blinkzeichen kamen.«

»Genau! Die Tiere werden mit dem Boot zur Küste gebracht und hier versteckt, bis sie verkauft sind!«

Da hören sie, wie die Delfine draußen in den Außenbecken anfangen laut zu schnattern. Es klingt, als wollten sie die beiden warnen. Dennis und Vicky laufen zurück in den gekachelten Raum, aber zu spät. Ein Lastwagen mit ausgeschalteten Scheinwerfern hält im Hof, während eine Tür leise zugeschlagen wird.

»Wir müssen uns hier drinnen irgendwo verstecken!«, raunt Vicky ihm zu und schließt die Tür. »Los, unter den Tisch mit den Aquarienbecken.«

In diesem Moment hören sie eine wütende Männerstimme. »Welcher Trottel hat denn hier die Türen aufgelassen?« Ein wuchtiger Typ schleppt eine Kiste herein.

»Das verstehe ich nicht!« Der Mann mit der Pudelmütze leuchtet ihm mit einer Taschenlampe. »Ich bin sicher, dass ich abgeschlossen habe.«

»Quatsch nicht!«, brummt der Erste. »Mach auf oder soll ich mir einen Bruch heben?«

Der Mann mit der Pudelmütze drückt auf einen Knopf. Summend öffnet sich eine Tür. Lautes Krächzen ist zu hören.

Dennis tippt eine Nummer in das Handy. »Ich ruf Kommissar Poschmann an«, raunt er Vicky zu. »Jetzt ist er an der Reihe ... Hallo, Herr Kommissar ...? Ja ... Wir sind im Aquarium. Hier sind ...«

In diesem Moment wird grelles Licht eingeschaltet. Der Warzentyp kniet mit einem Revolver in der Hand vor ihnen und zielt auf sie. »Dacht ich's mir doch! Raus mit euch!«

Dennis steckt das angeschaltete Handy unauffällig in seine Hosentasche und die beiden klettern unter dem Tisch hervor. Der Tierschmuggler sieht sie mit zusammengekniffenen Augen an. »Raus! Ich werde euch zuerst im Lastwagen einschließen. Dann werde ich sehen, was wir mit euch machen!«

Vor der Tür steht ein Fahrrad mit einem Anhänger. Darauf sind mehrere Kisten gestapelt, in denen es krächzt und fiept. Der Warzentyp mit dem Revolver wirft seinem Kumpel mit der Pudelmütze einen wütenden Blick zu.

»Beeil dich«, schnauzt er ihn an. »Oder willst du, dass uns jemand hört?« Als er sich wieder umdreht, sieht er nur noch die Schatten der beiden Kinder in der Dunkelheit verschwinden.

»Halt! Stehen geblieben!« Ein Schuss peitscht durch die Nacht. Nervös fuchtelt er mit dem Revolver herum. »Die Kinder sind entwischt«, zischt er dem Pudelmützentyp zu. »Lass die Tiere, wir müssen sie suchen!«

Mit Taschenlampen suchen die Männer systematisch die Außenanlage ab, können aber nichts Auffälliges entdecken. In diesem Moment hören sie Martinshörner aufheulen. Sofort laufen sie zurück zu dem Anhänger mit den Tierboxen, um sie zu verstecken. Als sie die Tür wieder verschließen, erscheint Kommissar Poschmann mit drei Polizisten in der Außenanlage.

»Hände hoch !«, ruft der Kommissar den beiden Männern zu. »Sie sind verhaftet!«

»Dürften wir fragen, aus welchem Grund?«, fragt der Pudelmützentyp mit unschuldigem Blick.

»Zuerst einmal: Wo sind die Kinder?« Kommissar Poschmann schaut sich nach allen Richtungen um.

Wo sind Vicky und Dennis?

Hier sind wir!« Dennis und Vicky paddeln im Wasser, als sich zwei Delfine vorsichtig unter sie schieben und sie schnatternd hochheben.

»Auf Delfinen wollten wir immer schon mal reiten!«, ruft Vicky begeistert. »Nehmen sie die Verbrecher fest! Die geschmuggelten Tiere sind im Hinterhaus.«

»Außerdem sind das Umweltverbrecher!« Dennis tätschelt seinen Delfin liebevoll am Hals. »Die haben mit dem Fahrradanhänger die Farbeimer zum Mühlenbach gefahren. Wir haben die drei Reifenspuren abgepaust. Und die Abdrücke der Daumen wird sie erst recht überführen!«

»Wahrscheinlich sind sie nachts ohne Licht mit dem Lastwagen gegen die Mauer gedonnert und haben alles neu gestrichen, um sich nicht zu verraten.« Vicky streichelt den kleinen Delfin, der neben ihr schwimmt und immer wieder übermütig hoch springt.

»Und ich habe alles über das eingeschaltete Handy mitgehört!« Kommissar Poschmann atmet tief durch, als die Polizisten auf seine Anweisung hin den Verbrechern die Handschellen anlegen. Diese Rätselbande! Sie hat es wieder einmal geschafft!

Das Rätsel um die Erpresserbande

Vicky hat es sich auf den Matratzen in ihrem Geheimtreff bequem gemacht und löst Kreuzworträtsel, während Dennis einen ausgestopften Pekinesen im Arm hält.

»Den Murkel habe ich von Tante Doris«, grinst er und streichelt ihm über das weiche Fell. »Als Wachhund macht der sich doch hervorragend, oder?«

»Astrein! Besser als jede Alarmanlage!«, kichert Vicky und kringelt ein paar blonde Locken um ihren Bleistift, während sie das Rätselheft studiert. »Deutscher Dichter mit acht Buchstaben . . .! Erster S, zweiter C, dritter H, letzter R.«

»Brombach!«, ruft Dennis aufgeregt, läuft an das Giebelfenster und biegt den Außenspiegel zurecht.

»Wie bitte?« Vicky richtet sich auf und tippt ein paarmal mit dem Finger gegen die Stirn. »Brombach?«

Dennis lehnt sich weit aus dem Fenster. »Herr Brombach ruft um Hilfe.«

Vicky springt von den Matratzen hoch und zieht Dennis vom Fenster weg. »Los, wir müssen runter!«

So schnell sie können, flitzen sie das Treppenhaus hinunter. Direkt neben der Bäckerei steht der alte Herr Brombach und wischt sich mit einem Taschentuch die Augen. Eine junge Frau versucht ihn zu trösten.

»Was ist denn passiert?«, fragt Dennis.

Herr Brombach steckt mit zitternden Fingern das Taschentuch wieder ein. »Hier an der Bäckerei hatte ich meinen Hund mit der Leine angebunden. Hier an diesem Haken. Und als ich wieder rauskam, war er verschwunden. Dafür hing dieser Zettel dran.«

»Darf ich mal sehen?«, fragt Vicky und liest: »Wenn Sie Ihren Hund gesund wiederhaben wollen, bezahlen Sie tausend Mark! Wir melden uns.«

Die Buchstaben sind offenbar aus Zeitungen ausgeschnitten und aufgeklebt.

Herr Brombach schaut die Kinder mit leerem Blick an, als wäre er ganz tief in Gedanken versunken. Dennis wirft Vicky einen kurzen Blick zu und läuft rüber zu dem Zeitungsladen. Die Türglocken klingeln leise, als er eintritt.

Vicky betrachtet den alten Herrn Brombach, der am ganzen Leib zittert.

»Haben Sie irgendetwas Verdächtiges gesehen, als sie in der Bäckerei waren?«, fragt sie vorsichtig, aber Herr Brombach schüttelt nur abwesend den Kopf.

»Ich bin ganz sicher, dass Sie Ihren Hund wiederbekommen. Der Täter muss doch hier aus dem Viertel sein«, versucht sie ihn zu trösten. »Er will sich doch bei Ihnen melden. Dann muss er ja auch wissen, wo Sie wohnen.«

Herr Brombach nickt wieder und will sich verabschieden. »Dürfen wir uns den Brief ausleihen?«, fragt Vicky, die den Erpresserbrief in der Hand hält.

Aber der alte Herr schlurft schon über die Straße zu seiner Wohnung neben der Sparkasse.

In diesem Moment hört sie die Türglocken vom Zeitungsladen. Dennis springt die Stufen herunter, in der Hand trägt er drei Zeitungen, alles Ausgaben vom heutigen Tag. In ihrem Geheimtreff legen sie die Zeitungen nebeneinander und vergleichen die Schrifttypen.

Aus welcher Zeitung stammen die Schnipsel von dem Erpresserbrief?

Die neue Zeitung
Erdbeben in Guatemala
Brand in der Farbenfabrik
Wenn Sie Ihren Hund gesund wieder haben wollen bezahlen Sie tausend Mark !
Filmstar Rosa heiratet
Dopingskandal bei Olympia
stillgele

Vicky vergleicht die Buchstaben. »Also, die stammen aus dem ›Bergwanderblatt‹.«

»Stimmt. Und die wird doch sehr selten gelesen«, erklärt Dennis, während er sich einen Kaugummi in den Mund steckt. »Heute ist sie nur dreimal verkauft worden. Ich habe mir gleich eine Personenbeschreibung geben lassen.«

»Und? Wie sahen die Personen aus?«, fragt Vicky neugierig.

Dennis nimmt einen Zettel aus der Hosentasche, auf dem er alles notiert hat.

»Als Erstes war da eine ältere, schmale Dame in einem rosa Kostüm. Dann ein junger Mann, der wohl eine Mountainbike-Tour machen wollte, und ein dicker Herr mit einem Jägerhut.«

Dennis nimmt einen neuen Ordner aus dem rot lackierten Regal und schreibt dick drauf: »Das Rätsel um den Hundeerpresser«.

Vicky ballt eine Faust. »Wir müssen dem Typen eine Falle stellen!«

»Und wie willst du das machen?«, fragt Dennis neugierig.

»Murkel!« Vicky geht auf den ausgestopften Pekinesen zu und klemmt ihn sich unter den Arm. »Nimm die Kamera mit, ich wette, der geht uns in die Falle!«

Die beiden binden den Hund vor der Bäckerei an und laufen schräg über die Straße zur Wohnung von Herrn Brombach, um ihn in den Plan einzuweihen.

Hinter der Gardine legen sie sich auf die Lauer. Eine halbe Stunde vergeht, aber nichts passiert. Doch dann nähert sich ein Mann mit Sonnenbrille, Hut und hochgeklapptem Mantelkragen. Er schaut sich vorsichtig um und geht langsam auf Murkel zu.

»Los, fotografier ihn!«, sagt Vicky zu Dennis.

Dennis knipst. Der Mann bückt sich und will den Hund streicheln, als er wie vom Blitz getroffen zusammenzuckt.

»Jetzt hat er gemerkt, dass der Hund nur ausgestopft ist!«, flüstert Vicky. »Los, hinterher!«

Der Mann spaziert zügig die Mozartstraße hoch in Richtung Wilhelmplatz. Vorsichtig folgen die Kinder. Der Mann geht eilig weiter und verschwindet schließlich in einem herruntergekommenen Gartenhaus.

»Weißt du, was«, meint Vicky leise. »Wir klopfen einfach an und fragen nach dem Weg.«

Dennis ist einverstanden. Kies knirscht unter ihren Füßen, als sie durch den Garten zu dem Häuschen gehen. Die graue Farbe ist abgeblättert und die Scheiben sind verdreckt. Dennis streckt sich, um durchs Fenster sehen zu können, aber die Vorhänge sind von innen zugezogen. Vicky klopft an die Tür, aber niemand antwortet. Vorsichtig öffnen sie die Tür.

»Hallo?«, ruft Vicky. »Ist hier jemand?«

Aber der Mann ist verschwunden. Die beiden sehen sich um.

Was ist seltsam an diesem Raum?

Vicky geht auf den Spiegel zu. »Mensch, sieh dir das an! Der Spiegel hat eine Klinke! Soll ich?«

Dennis nickt. Langsam drückt sie die Klinke herunter und öffnet die verborgene Tür, die in einen verwilderten Garten führt. Geduckt schleichen sie nach draußen. Ob der fremde Unbekannte sich hier aufhält? Aber auch im Garten ist niemand zu sehen. Mehrere Obstbäume wachsen auf dem verfilzten Rasen, der etwa fünfzig Meter breit ist. Auf der linken Seite wird der Garten von hohem Gestrüpp begrenzt, rechts von einer Mauer. Geradeaus steht eine massive Felswand, die den Garten abschließt.

»Ist das rechts nicht die Friedhofsmauer?«, flüstert Dennis. Vicky nickt. Plötzlich ist das Jaulen von Hunden zu hören. Es hört sich an, als würde es aus dem Felsen kommen. Leise schleichen sie weiter. Etwa zehn Meter vor der Felswand hört der Rasen auf. Auf der Erde sind Schleifspuren zu sehen. Es sieht aus, als hätte jemand etwas über die Erde gezogen. Die Spuren führen zu der steilen Felswand und enden dort.

»Komisch«, meint Vicky nachdenklich. »Ob da jemand was auf den Berg geschleppt hat?«

»Kann sein«, antwortet Dennis. »Bleib du unten, ich sehe mal nach, ob ich was entdecken kann!« Er zieht sich an einer Un-

ebenheit der Felswand hoch und klettert in kleinen Fußnischen hoch. Sie sehen so aus, als hätte jemand sie absichtlich dort hineingemeißelt. Geschickt klettert er auf einen schmalen Felsvorsprung, der aus der Wand herausragt. Irritiert tastet er die Wand ab. »Das gibt's doch nicht«, raunt er Vicky zu. »Die ist ja aus Plastik! Eine Riesenplastikwand!«

»Aus Plastik? Wahnsinn!«, meint Vicky aufgeregt. »Eine künstliche Wand. Wie kommt man denn da rein?«

»Da muss irgendwo ein Geheimmechanismus versteckt sein!« Vicky sucht den unteren Fels ab, und zwar genau an der Stelle, wo die Schleifspuren enden. Tatsächlich lässt sich ein Stein lösen. Dahinter befindet sich eine Schalttafel mit Zahlen und eine Buchstabentabelle.

»Ob die Buchstabentabelle den Code für die Schalttafel enthält?«, grübelt Vicky.

Welche Zahl ist hier versteckt?

Vicky streckt den Daumen hoch. Sie hat die Zahl zehn gefunden und drückt sie in die Schalttafel ein. Lautlos öffnet sich die Tür.

»Bleib du hier, vorsichtshalber!«, sagt Dennis.

Er schlüpft in einen weiß gekachelten Gang. Es riecht nach Chemikalien und Lösungsmitteln. Wieder jault ein Hund. Langsam schleicht Dennis weiter, bis ihm eine weiß lackierte Schwingtür den Weg versperrt. Er linst durch ein rundes Bullaugenfenster und entdeckt ein riesiges Labor.

Dennis öffnet vorsichtig die Tür. Es ist niemand zu sehen. Er schleicht um die Tische mit den brodelnden Behältern, nimmt einige Unterlagen, die dort liegen- und versteckt sie unter seinem Hemd. Aus dem Nebenraum ist jämmerliches Geheul zu hören. Dennis schlüpft hinein und erstarrt: Hunde aller Rassen sind dort eingesperrt.

Plötzlich tönt aus dem Labor eine wütende Männerstimme. »Was musst du diesen krummbeinigen Dackel anschleppen! Damit ist doch kein Geld zu machen. Rassehunde sind gefragt! Wir brauchen Geld. Sonst können wir unsere Experimente vergessen!«

Dennis linst vorsichtig um die Ecke und sieht einen Mann, der über einem rosa Hemd einen weißen Kittel trägt. Er träufelt etwas Flüssigkeit in ein Reagenzglas. Sofort bildet sich bläulicher, scharf riechender Rauch. Der Mann hat schwarze, glatt nach hinten gekämmte Haare und grinst übers ganze Gesicht. »Noch ein paar Experimente! Dann ist es so weit. Dann haben

wir den Supersprengstoff entwickelt, mit dem wir jede Bank knacken können!«

Dennis läuft es kalt über den Rücken.

Plötzlich legt sich eine breite Hand auf seine Schulter. »Sieh mal einer an!«, hört er eine knarrende Stimme. »Wen haben wir denn da? He, Professor! Ein kleiner Schnüffler!« Mit eisernem Händedruck führt er Dennis zu dem Professor in dem weißen Kittel und dem rosa Hemd. Auf dem Kittel ist ein Schildchen geheftet mit einem Namen: Psruopfeershsiorrn.

Wie nennt sich der Professor?

So klug ist der gar nicht, denkt Dennis. Man muss der Reihe nach den 1., 3., 5., 7., 9. Buchstaben lesen und dann den Rest: *Professor Superhirn.*

»Wie kommst du denn hier herein?«, zischt er Dennis wütend an und seine Augen blitzen gefährlich.

»Ich . . . ich habe mich verlaufen«, stottert Dennis hilflos.

Der Professor zeigt in Richtung des Ganges. »Ich habe jetzt keine Zeit! Bring ihn in unser Gästezimmer. Ich werde mich später um ihn kümmern.«

Der Wärter sperrt Dennis in einen düsteren Raum. Dennis braucht einen Moment, bis sich seine Augen an das Dämmerlicht gewöhnt haben. Oben an der Wand ist ein schmaler, Hand großer Felsspalt zu sehen, durch den ein wenig Licht fällt.

Dennis setzt sich an den alten Holztisch und überlegt. Wie kann er Vicky eine Nachricht übermitteln? Auf dem Tisch steht ein Kerzenhalter mit einem Kerzenstummel. Genau! Das ist es, denkt Dennis. Er nimmt das Wachs in die Hand und drückt es so lange, bis es ganz weich ist. Er formt dem Kerzenrest zu einem Stift und lässt ihn wieder hart werden. Aus seiner Jackentasche

zieht er einen alten Einkaufszettel und schreibt mit dem Wachsstift eine unsichtbare Nachricht drauf. Sorgfältig faltet er ihn zusammen, steigt auf den Tisch und wirft ihn aus der Felsspalte.

Vicky hat inzwischen das Gelände von der Friedhofsmauer bis zu dem Gebüsch abgesucht, aber weiter nichts entdeckt. Plötzlich sieht sie aus einer Felsspalte einen weißen Zettel herunterflattern. Im ersten Moment ist außer ein paar Einkaufsnotizen nichts darauf zu sehen. Aber dann bemerkt sie die geheime Botschaft. Sie streut aus einem Päckchen dunkles Puder über das Papier, das an den Wachsbuchstaben haften bleibt.

Was steht auf dem Zettel?

Vicky wird weiß wie eine Kalkwand, als sie die Nachricht entschlüsselt: »*Gefährliches Labor. Gefangen. Hunde sind hier.*«

So schnell sie kann, läuft sie zurück in die Mozartstraße und läutet Sturm bei Herrn Brombach.

»Hat der Erpresser sich schon gemeldet?«, fragt Vicky völlig außer Atem.

Der alte Herr nickt verängstigt. »Er hat vor einer Stunde angerufen. Wir sollen uns um fünf Uhr treffen. Am Friedhofstor. Und er hat gedroht, wenn ich die Polizei einschalte, wird Strolchi das nicht überleben.«

»Aber zuerst sollen die Gangster ein Zeichen geben, dass der Hund noch lebt!« Vicky lächelt Herrn Brombach aufmunternd an. »Wir müssen sie in eine Falle locken!«

»Und wie soll das funktionieren?«, fragt er zögernd.

»Das erkläre ich Ihnen später.« Vicky verabschiedet sich, weil sie aus der Dachkammer noch etwas besorgen muss.

Um fünf Uhr steht Herr Brombach wie verabredet am Friedhofseingang. Vicky hat sich in einem Baum versteckt.

Endlich erscheint der Erpresser. Er trägt einen Mantel mit hoch geklapptem Kragen, eine Sonnenbrille und einen Hut. »Wo ist das Geld?«, raunt er Herrn Brombach zu.

»Erst will ich wissen, ob mein Hund noch lebt! Lassen Sie Strolchi ans Telefon holen. Er kennt meine Stimme und wird reagieren.«

Der Mann zögert. Dann zieht er ein Handy aus der Tasche und tippt die Nummer ein. Mit dem Fernglas kann Vicky sie genau erkennen und notiert die Zahlen.

Herr Brombach nimmt zitternd den Hörer entgegen. »Hallo? Ja? Strolchi, hörst du mich. Ja!« Erleichtert atmet er auf. »Er ist es. Er lebt. Ich erkenne ihn am Bellen.«

Herr Brombach trägt schwarze Handschuhe und nimmt aus seiner Geldbörse fünfhundert Mark, die er dem Erpresser gibt. »Die andere Hälfte erhalten Sie, wenn ich Strolchi wohlbehalten zurückhabe.«

Der Erpresser atmet tief durch.

»Gut, einverstanden. In zwei Stunden hier an derselben Stelle. Ich bringe den Hund mit.«

Als der Fremde verschwunden ist, springt Vicky vom Ast herunter. »Das haben Sie großartig gemacht, Herr Brombach!«

Nachdem er seine Handschuhe ausgezogen hat, schüttelt sie ihm die Hand. »Der wird sich wundern, wenn er merkt, dass die Scheine präpariert sind.«

»Hoffentlich passiert Strolchi nichts!«, jammert Herr Brombach.

»Keine Angst.« Vicky nickt ihm zu. »Bis das Pulver wirkt, ist der Fall gelöst!«

Etwas später sitzt Vicky in ihrem Geheimtreff in der Dachkammer. Aufgeregt durchblättert sie das schmale Telefonbuch ihreS Wohnorts durch und findet schließlich die Telefonnummer heraus, die sie notiert hat:

47 95 34 92

Wie heißt der Teilnehmer?

Vicky tippt mit dem Finger auf den Namen. »Das ist er, Theodor Backhaus.« Mit verstellter Stimme ruft sie an und hält ein Taschentuch vor den Hörer. »Hallo, Professor! Ich habe einen exquisiten Rassehund mitgehen lassen. Durch welchen Eingang soll ich ihn bringen?«

»Was ist mit dir? Du klingst so anders«, hört sie eine mürrische Stimme am anderen Ende.

Vicky räuspert sich kurz. »Bin etwas erkältet. Also, was ist.«

»Wie immer. Nimm den schmalen hinter der Birke. Wenn du drückst, mach ich auf.« Sie hört, wie es am anderen Ende der Leitung klickt.

Vicky läuft zurück zum Friedhof. Der schroffe Fels, in dem Dennis gefangen ist, erstreckt sich bis auf das Friedhofsgelände. Bei den hintersten Grabsteinen steht eine Birke, deren Äste weit an den Fels heranreichen.

Vicky überlegt, was sie drücken soll. Irgendwo muss es also irgendeine Unebenheit geben. In diesem Moment sieht sie aus den Augenwinkeln, wie der Erpresser direkt auf sie zusteuert. Sofort schlendert sie durch die Grabreihen, als würde sie etwas Bestimmtes suchen.

Hoffentlich erkennt er mich nicht wieder!, denkt sie ein wenig besorgt und lässt ein paar blonde Locken ins Gesicht fallen, aber er beachtet sie nicht weiter. Sie steht mit dem Rücken zu ihm und hält einen kleinen Spiegel in der Hand, mit dem sie ihn beobachtet.

Plötzlich sieht sie, wie er einen Stein aus der Felswand als Hebel benutzt. In der Felswand öffnet sich ein schmaler Spalt und der Mann schlüpft hinein. Vicky flitzt

zur der Stelle, sieht aber nur noch einen blau-violetten Lichtschimmer, der den Gang erhellt. Und schon hat sich die Tür wieder lautlos geschlossen.

Welcher Stein ist der Türöffner?

Vicky ruft Kommissar Poschmann an. »Hören Sie, hier im Felsenberg ist ein geheimes Labor eingerichtet. Da stinkt irgendwas gewaltig zum Himmel!« Sie erklärt ihm, wie er in den Berg kommt. Dann bedient sie selbst den Geheimmechanismus, die Tür öffnet sich und Vicky schleicht den weiß gekachelten Gang entlang, der mit blauvioletten Lampen matt erleuchtet ist.

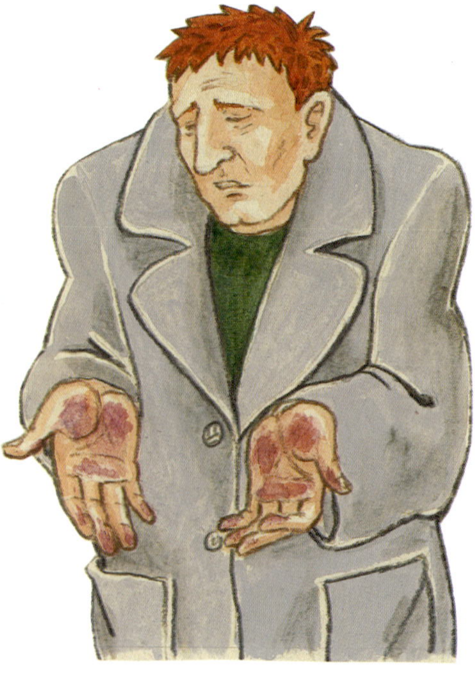

Immer wieder bleibt sie stehen und lauscht. Ein fernes Jaulen von Hunden ist zu hören. Vorsichtig klopft sie gegen die Wand. Zweimal lang und drei mal kurz. Das ist das Zeichen der Rätselbande. Und plötzlich hört sie die Antwort. Zweimal lang und dreimal kurz. Die Klopfzeichen scheinen von oben zu kommen. Vicky geht leise weiter den Gang entlang, bis sie zu einer Treppe kommt, die ins erste Stockwerk führt. Wieder klopft sie gegen die Wand und wieder kommt die Antwort von Dennis. Aber es ist deutlicher zu hören. Immer weiter geht sie den Klopfgeräuschen nach, bis sie vor einer verriegelten Tür steht. »Dennis?«, ruft sie leise.

»Hier bin ich!«, hört sie die Antwort. Sie schiebt den Riegel zur Seite und Dennis schlüpft aus seinem Gefängnis.

In diesem Moment heulen Polizeisirenen auf. Nur kurze Zeit später ist Fußgetrappel auf der Treppe zu hören. Polizisten stürmen das Labor und verhaften den Professor und seinen Komplizen.

»Ich habe nichts mit der Sache zu tun!«, versucht der Erpresser sich herauszureden, als ihm Kommissar Poschmann die Handschellen anlegt.

»Dann gucken Sie sich mal ihre verfärbten Händc an!«, kichert Vicky. »Das kommt von dem Pulver an den Geldscheinen!«

»Und der Professor hat die Zeitungen gekauft!«, strahlt Dennis und wirft eine Perücke, die er in seinem Gefängnis gefunden hat, hoch in die Luft. »Er hat sich als Frau verkleidet, um nicht aufzufallen. Die rosa Bluse trägt er ja immer noch.«

Der Kommissar streicht sich nachdenklich mit seinen dicken Fingern über den Schnurrbart, während Dennis und Vicky sich erleichtert zuzwinkern. Ob es in den Ferien noch ein neues Rätsel zu lösen gibt?

Lösungen

Seite 13: Jeder Buchstabe ist verdoppelt und gespiegelt!

Seite 23:

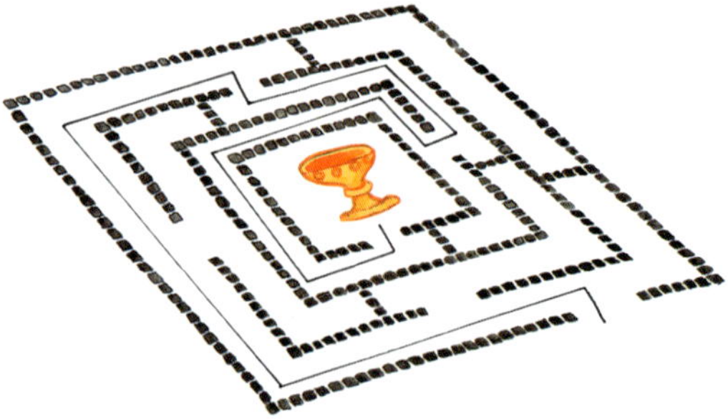

Seite 25: Sieh auf Seite 9 nach!

Seite 26/27: Sieh auf Seite 12 nach!

Seite 33:

Seite 45: Auf der Polybius-Tafel ist jeder Buchstabe wie in einem Koordinatensystem durch zwei Zeichen gekennzeichnet. Für das A stehen also hier zwei Blumen, für das E eine Blume und ein Quadrat, für das O ein Kreis und ein Stern usw.

Seite 57:

Pferd = der

Blase = blaue

Zwerg = weg

Feuer + Hut = fue(= ü)-hrt

Zunge = zum

Ritter = roten

Katze + elf= zi-el

Zwei = drei

Sonne = und

Bier = vier

Hund = und

Sieb + Bett = sie-ben

Bein + Eule = jew-eils

Drei = zwei

Der blaue Weg führt zum roten Ziel. Drei und vier und sieben. Jeweils zwei.

Seite 59:

Er hat sich als Polizist verkleidet! Allerdings sitzt er völlig untätig auf der Bank vor dem Haus; das kam Vicky verdächtig vor.

Seite 65: 21 **28** 23
26 24 **22**
25 **20** 27

Seite 67: Der Sarg ist der gesuchte Gegenstand.

Seite 79: Rad = Rät;
Zelt = sel; Blume = um;
Dieb = die b; Mauer = laue F
Arm = arb; Ei = e

Seite 81:

Seite 85: **PE**ter**S** **L**ac**KF**arben

Seite 95: Kiste links oben: Papagei, Kiste links unten: Schildkröte, Kiste rechts oben: Schlange, Kiste rechts unten: Eidechse

Seite 107:

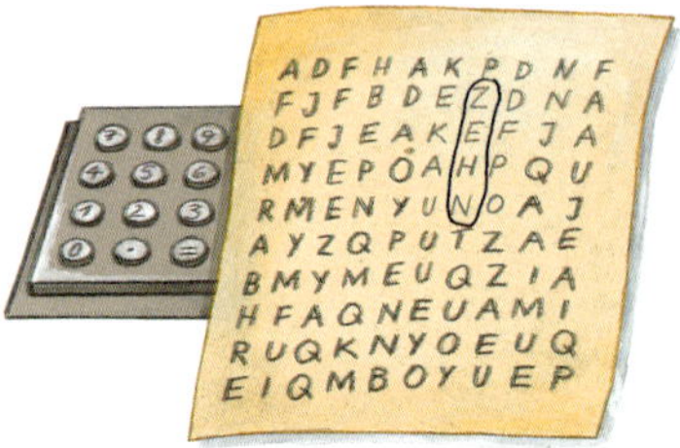

Seite 111: Die Buchstaben werden immer in Dreiergruppen von oben nach unten gelesen: Beginne mit dem ersten Buchstaben der ersten Zeile, es folgen die jeweils ersten Buchstaben der zweiten und dritten Zeile, es geht weiter mit dem zweiten Buchstaben der ersten Zeile und so weiter ...

Seite 115:

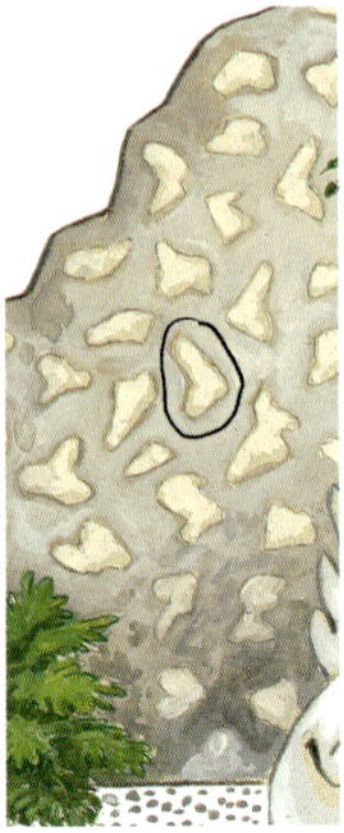